Sans interruption aucune sera publiée la troisième partie de cet intéressant ouvrage :

# LE TRIOMPHE

DE

# MADEMOISELLE DIANE

# COLLECTION DEGORCE-CADOT

**Éditeur, 70 bis, rue Bonaparte, PARIS**

## EXTRAIT DU CATALOGUE

## BIBLIOTHÈQUE DE BONS ROMANS ILLUSTRÉS

**Format grand in-4° à deux colonnes**

**N. B. — Les mêmes ouvrages peuvent être demandés par séries séparées à 60 c. l'une**

**Aymard (Gustave).**
Le Fils du Soleil, 2 séries........ 1 20

**Ancelot (Madame V.)**
Laure, 2 séries........ 1 20
La Fille d'une Joueuse, 2 séries.... 1 20

**Anonyme.**
Mémoires secrets du duc de Roquelaure, 8 séries.
1re et 2e séries brochées ensemble }
3e et 4e — — — } 4 80
5e et 6e — — — }
7e et 8e — — — }

**Bauchery (Roland).**
Les Bohémiens de Paris, 3 séries... 1 80

**Bernardin de Saint-Pierre.**
Paul et Virginie, 1 série........ » 60
La Chaumière indienne, 1 série.... » 60

**Berthet (Elie).**
Mademoiselle de la Fougeraie, 1 série » 60
L'Oiseau du désert........ 1 20
Paul Duvert, 1 série........ » 60
M. de Blangy et les Rupert, 1 série » 60
Le Val Perdu, 2 séries........ 1 20

**Billaudel (Ernest).**
La Femme Fatale, 1 série........ » 60
Les Vengeurs de Lorraine, 2 séries. 1 20

**Boulabert et Philipp Rolla.**
La Franc-maçonnerie des Voleurs.. 1 80

**Boisgobey (F. du).**
L'Empoisonneur, 3 séries........ 1 80
La Tête de Mort, — ........ 1 80
La Toile d'araignée, — ........ 1 80

**Boulabert (Jules).**
La Femme bandit, 6 séries........ 3 60
Le Fils du Supplicié, 3 séries........ 1 80
La Fille du Pilote, 5 séries........ 3 »
Les Catacombes sous la Terreur, 3 s. 1 80
Les Amants de la Baronne, 3 séries. 1 80
Luxure et Chasteté, 2 séries........ 1 20

**Capendu (Ernest).**
Mademoiselle la Ruine, 3 séries... 1 80
Le Pré Catelan, 2 séries........ 1 20
Capitaine Lachesnaye, 3 séries.... 1 80
Grotte d'Etretat, 3 séries........ 1 80
Surcouf, 1 série........ » 60
La Mère l'Etape, 3 séries........ 1 80
La Tour aux Rats, 2 séries........ 1 20
Le Sire de Lustupin, 2 séries..... 1 20

**Cauvain (Jules).**
Le Voleur de Diadème........ 1 80

**Chardall.**
Les Vautours de Paris, 3 séries..... 1 80

**Châteaubriand.**
Les Natchez, 4 séries........ 2 40
Atala, 1 série........ » 60
René, le dernier des Abencérages, 1 s. » 60
Les Martyrs, 3 séries........ 1 80
Itinéraire de Paris à Jérusalem, 3 sér. 1 80

**Deslys (Charles).**
Le Canal Saint-Martin, 3 séries.... 1 80
Les Compagnons de minuit, 2 séries 1 20
La Marchande de Plaisirs, 1 série.. » 60
L'Aveugle de Bagnolet, 1 série..... » 60
Le Coffret d'Ebène, 1 série........ » 60

**Dulaure.**
Les Deux Invasions (1814-1815), avec préface de Jules Claretie, 4 doubles séries à 1 fr. 20........ 4 80
Le Crime d'Avignon, 1 série.. ... » 60
Les Tueurs du Midi, 1 série........ » 60
Les Jumeaux de la Réole, 2 séries.. 1 20
L'Assassinat de Rodez (Affaire Fualdès), 1 série........ » 60

**Duplessis (Paul).**
Les Boucaniers, 5 séries........ 3 »
Les Etapes d'un Volontaire, 5 séries 3 »
Le Batteur d'Estrade, 5 séries..... 3 »
Les Mormons, 4 séries........ 2 40
Maurevert l'Aventurier, 2 séries... 1 20
Les Deux Rivales, 2 séries........ 1 20

**Fabre d'Olivet.**
Le Chien de Jean de Nivelle, 2 séries 1 20

**Féré (Octave).**
La Bergère d'Ivry, 3 séries........ 1 80

**Foudras (Marquis de).**
La Comtesse Alvinzi, 2 séries..... 1 20

**Gondrecourt (A. de).**
Les Péchés Mignons, 4 séries...... 2 40
Les Jaloux, 3 séries........ 1 80
Mademoiselle de Cardonne, 2 séries 1 20
Le dernier des Kerven, 3 séries.... 1 80
Le Chevalier de Pampelonne, 2 séries 1 20
Régicide par amour, 1 série ...... » 60
Les Cachots de la Bastille, 4 séries. 2 40

**Kock (Henry de).**
La Fille à son père, 1 série....... » 60
Le Démon de l'Alcôve, 1 série...... » 60
Les Baisers maudits, 1 série...... » 60
La Tigresse, 2 séries........ 1 20
Le Médecin des Voleurs, 4 séries.. 2 40
Ni Fille, ni Femme, ni Veuve, 1 série » 60
Les Trois Luronnes, 3 séries....... 1 80
L'Auberge des treize pendus, 3 séries 1 80
Les Mystères du Village, 2 séries.. 1 20
Les Amoureux de Pierrefonds, 1 sér. » 60
L'Amant de Lucette, 1 série........ » 60

**Labourieux.**
L'Ouvrier Gentilhomme, 2 séries... 1 20

**Landelle (Gustave de la).**
Les Géants de la Mer, 4 séries..... 2 40
Reine du bord, 3 séries........ 1 80
Une Haine à bord, 2 séries........ 1 20
Les Iles de glace, 3 séries........ 1 80

**Lavergne (Alexandre de).**
Le Lieutenant Robert, 2 séries...... 1 20
Epouse ou Mère, 2 séries........ 1 20

**Maimbourg (le P.)**
Les Croisades, 4 doubles séries à 1 fr. 20........ 4 80

**Méry.**
Un Carnaval à Paris, 2 séries..... 1 20

**Meunier (Alexis).**
Le Comte de Soissons, 2 séries...... 1 20

**Montépin (Xavier de).**
Les Viveurs de Province, 4 séries... 2 40
Le Loup noir, 1 série ........ » 60
Les Amours d'un Fou, 2 séries ... 1 20
Les Chevaliers du Lansquenet, 7 sér. 1 20
La Sirène, 1 série ........ » 30
L'Amour d'une Pécheresse, 1 série.. » 50
Un Gentilhomme de grand chemin, 2 séries........ 1 30
Confessions d'un Bohème, 3 séries.. 1 80
Le Vicomte Raphaël, 2 séries...... 1 20
Fatalité, 1 série........ » 60
Le Compère Leroux, 2 séries ...... 1 20

**Noir (Louis).**
Jean Chacal, 2 séries........ 1 20
Le Coupeur de Têtes, 4 séries...... 2 40
Le Lion du Soudan, 4 séries ..... 2 40
Jean qui Tue, 4 séries........ 2 40
Les Goëlands de l'Iroise, 3 séries... 1 80
La Folle de Quiberon, 3 séries..... 1 80
Grands jours de l'armée d'Afrique, 2 séries ........ 1 80
Campagnes de Crimée, 6 séries à 1 fr. 6 »
Campagnes d'Italie, 3 séries à 1 fr. 3 »
Le Corsaire aux Cheveux d'or, 3 sér. 1 80

**Perceval (Victor).**
La plus Laide des Sept, 2 séries.... 1 20
Régina, 2 séries........ 1 20
Blanche, 1 série........ » 60
Un Excentrique, 1 série........ » 60

**Perrin (Maximilien).**
Les Mémoires d'une Lorette, 2 séries 1 20
Le Bambocheur, 2 séries........ 1 20

**Prévost (l'abbé).**
Manon Lescaut, 1 série........ » 60

**Rolla (un officier d'état-major).**
Crimes et Folies en l'année terrible, 2 doubles séries à 1 fr. 20...... 2 40

**Rieux (Jules de).**
Ces Messieurs et ces Dames, 2 séries 1 20

**Rouquette.**
Ce que coûtent les Femmes....... 1 20

**Rouquette et Fourgeaud.**
Les Drames de l'Amour, 2 séries... 1 20

**Rouquette et Moret.**
Le Médecin des Femmes, 3 séries... 1 80

**Tasse (Le).**
La Jérusalem délivrée, 3 séries..... 1 80

**Vadalle (de).**
L'Homicide d'Auteuil, 3 séries..... 1 80

**Vidocq.**
Les Vrais Mystères de Paris, 4 séries 2 40

**Voltaire.**
Candide, 1 série........ » 60

## SUR DEMANDE AFFRANCHIE

Le *Catalogue général* de la Librairie DEGORCE-CADOT est envoyé *franco*.

**En ajoutant 10 centimes au prix de chaque Série, les Brochures ci-dessus seront expédiées franco par la poste.**

Imprimerie D. BARDIN, à Saint-Germain.

# LE TRIOMPHE
DE
# MADEMOISELLE DIANE

**TROISIÈME PARTIE DU PARC AUX CERFS**

PAR

ALBERT BLANQUET

Deux livraisons à 10 c. par semaine. — Une série de 5 livraisons à 50 c. tous les quinze jours.

DEGORCE-CADOT, éditeur, 70 bis, rue Bonaparte, Paris.

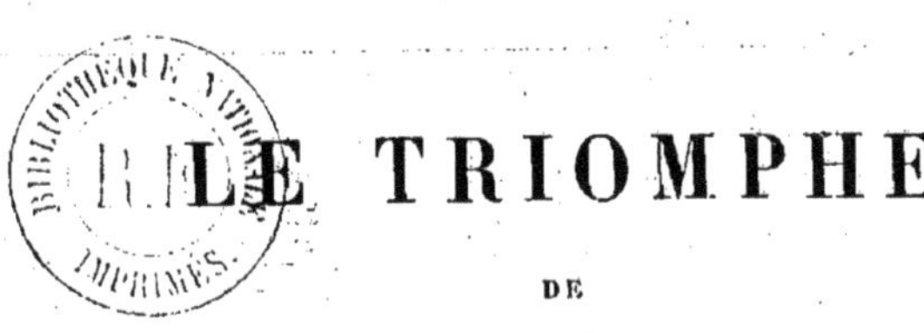


# LE TRIOMPHE
DE
# MADEMOISELLE DIANE

## I

### LE TRÉSOR DES EMPEREURS D'ORIENT

D'après ses ordres reçus[1], Lebel introduisit le comte de Saint-Germain dans le cabinet du roi, à quatre heures sonnant. Le comte y resta seul quelques instants.

Quand le roi entra, Saint-Germain était plongé dans une profonde méditation, les yeux fixés sur une grande carte d'Europe, déployée sur une table; mais il se retourna à temps pour saluer le roi et pour attendre ses ordres. Le monarque le fit asseoir en face de lui, de telle manière que la table, sur laquelle était étendue cette carte, les séparait.

— Eh bien! comte, dit-il, vous avez à m'entretenir de choses sérieuses?

— Sire, répliqua Saint-Germain, le jour où, par vos ordres, votre ministre m'a adressé des questions sur l'existence d'un certain nombre de navires de guerre qu'il disait m'appartenir, je n'ai pas cru devoir lui répondre et je me suis renfermé dans un système complet de dénégation. Cependant, je devais la vérité au roi, et c'est pour la lui faire connaître que j'ai pris la liberté de demander cet entretien à Votre Majesté.

— Alors, comte, ces douze vaisseaux armés en guerre ne sont pas une invention de la police.

— Que Votre Majesté me permette quelques paroles, avant de répondre directement à cette question.

— Faites, monsieur.

— Sire, je vous ai conté, il y a quelque temps, une lugubre histoire, celle de l'un des fils de l'empereur Andronic II Paléologue, — cette histoire, c'est la mienne.

— Eh! quoi! fit le roi qui ne put réprimer un ironique sourire d'incrédulité.

— Sire, je ne vous ai pas trompé... la science a fait un miracle en ma faveur, miracle dont j'ai pu faire profiter quelques hommes, et je suis le prince Michel que tout le monde, sur la foi de l'histoire, croit être bien mort en 1317.

— Alors vous avez aujourd'hui...

— J'ai toujours laissé dire le vulgaire, et à ceux qui m'ont demandé si j'étais contemporain de César ou de Jésus-Christ, ou même de Moïse, je n'ai pas répondu non... qu'importent quelques années de plus ou de moins! Les quatre cent quarante années que j'ai vécu, depuis qu'on a enterré une solive à ma place, m'ont donné une si grande expérience des choses et des hommes, l'histoire de l'humanité m'a si largement révélé ses secrets, même les plus cachés, que j'en suis vraiment à me demander si mon âme en passant dans mon corps n'a pas conservé la mémoire de toutes les migrations qu'elle a subies, depuis sa création première par Dieu.

— Soit, dit le roi en riant, vous êtes en réalité bien près de vos cinq cents ans, c'est déjà fort honnête, et je consens à nous en tenir là.

— Sire, je regrette vivement aujourd'hui d'avoir laissé échapper le secret de ma longue existence, car il semble commander l'incrédulité. En effet, il me serait beaucoup plus utile de ne pas sortir des conditions ordinaires et d'être un homme comme sont ceux qui m'entourent; mais la faute est faite, et pourvu qu'elle ne nuise pas au noble but qui m'inspire, là est l'essentiel.

— D'ailleurs, reprit le roi en le regardant

1. Voir *Un Sérail royal*, in-4° illustré. Prix : 1 fr. 80. Édition Degorce-Cadot.

bien en face, celui qui a déjà changé de nom et de visage plusieurs fois, peut toujours avoir recours à cette ressource.

— C'est vrai, sire, et c'est là qu'est ma ressource suprême. Maintenant, Votre Majesté daignera-t-elle se rappeler la communication que je lui fis autrefois, il y a dix-neuf ans, alors que j'étais connu à la cour sous le nom de marquis de Montferrat?

— Oui, comte, et l'histoire de Michel Paléologue m'a amené à rechercher le parchemin que l'un de vos ancêtres, m'avez-vous dit, avait confié à Charles VIII.

— Dites, sire, l'un de mes descendants, par ma mère, la princesse Iolande.

— Soit. Voici ce titre.

Et le roi tirant une petite clef de sa poche ouvrit un bureau dans un des tiroirs duquel il prit un parchemin jaune et luisant, et sur lequel apparaissaient des caractères à demi effacés par le temps. A ce parchemin était attaché un ruban rouge dont l'un des sceaux manquait, celui qui devait lier entre elles les deux extrémités du ruban, mais l'empreinte placée à la section du parchemin était presque intacte.

— Tenez, sire, voici le sceau avec lequel a été pratiquée cette empreinte, dit Saint-Germain qui, pendant ce temps, avait saisi dans sa poche un cachet d'or massif.

Le roi prit plaisir à placer le sceau sur la cire durcie.

— Il s'adapte parfaitement, dit-il.

— Sire, c'est moi-même qui avais remis ce titre à mon neveu, afin qu'il le confiât à Charles VIII; à cette époque je craignais pour ma vie. Le sultan des Turcs avait juré l'extermination complète de tous les Paléologues, d'Orient et d'Occident, et je dus prendre mes sûretés.

— Que contient ce parchemin? demanda le roi qui le tournait entre ses doigts.

— Sire, ces caractères sont grecs, mais ils ne forment que la traduction, en lettres vulgaires, de plusieurs phrases conçues en une autre langue.

— C'est donc cela, fit le roi avec dépit, que nos plus forts hellénistes ont renoncé à l'expliquer.

Saint-Germain n'eut pas l'air de remarquer le dépit du monarque et ne songea nullement à l'accuser d'avoir manqué de patience en cherchant à découvrir un secret dont lui seul avait la clef.

— Je lirai ce titre à Votre Majesté, reprit Saint-Germain, mais auparavant qu'elle daigne me laisser achever ce que j'avais commencé de dire.

Le roi lui fit signe de continuer.

— Sire, la situation actuelle de l'empire des Turcs a dû frapper votre esprit. Depuis Mahomet II et Soliman II, la dynastie ottomane a dégénéré, reléguée dans le sérail où elle s'est énervée moralement et intellectuellement. La désorganisation et la confusion vont toujours en augmentant à l'intérieur parmi ces peuples divers, plutôt vaincus que soumis, et qui ne feront jamais un seul et même corps de nation. Il est impossible que la puissance ottomane se maintienne en Europe contre la force latente, énergique de la civilisation, et surtout en présence de l'incessant accroissement de forces et de ressources des nations de l'Occident. L'Autriche et la Russie sont à l'affût et comptent profiter de cette dissolution en se partageant ce bel empire, malgré les traités. Sire, n'avez-vous jamais songé que, par sa position géographique, Constantinople est destinée à devenir une seconde capitale du monde?

— Vous êtes Michel Paléologue, dit lentement Louis XV, et vous voulez reconstituer l'empire d'Orient.

— Oui, sire. Il y a longtemps que cette idée m'est venue, mais jamais l'occasion n'a été meilleure. J'ai tour à tour tâté les terrains où la semence de mon idée pouvait se fertiliser. J'ai compté sur l'Autriche, puis sur la Russie pour me soutenir; mais en étudiant de près les constitutions et les tendances de ces deux empires j'ai mis le doigt sur leur faiblesse, et j'en suis arrivé à ceci, — que la France seule est appelée à profiter, pour le bonheur de l'humanité, d'une alliance tellement étroite avec le nouvel empire d'Orient que Constantinople et Paris, par Marseille, se compléteront l'une par l'autre.

— Quels sont vos moyens?

— Sire, j'ai vingt vaisseaux qui croisent dans la Méditerranée sous pavillons divers, selon les besoins, ces vaisseaux ont déjà coulé bas dix-sept navires turcs sans que personne ait jamais su ce qu'ils sont devenus, car aucun des soldats qui les montaient ne s'est sauvé pour en porter la nouvelle à l'imbécile Osman III. Ces vingt vaisseaux n'attendent qu'un signal pour investir Constantinople et pour frapper l'islamisme au cœur; mais si les hommes qui les montent sont assez forts pour l'attaque et la victoire, ils ne le sont pas assez pour la possession. Une fois l'œuvre achevée, il me faut une armée de trente mille hommes, armée commandée par un général d'Europe, de France surtout, et qui puisse résister à l'agression de la Russie lorsqu'elle s'apercevra qu'elle a été devancée.

— Bien, comte, j'admets la réussite, j'admets que les Turcs ont fui ou se sont convertis au christianisme; mais pour réaliser de telles choses, il faut beaucoup d'or.

— J'en ai, sire, j'en aurai.

— Des millions!

— J'aurai des millions. Écoutez, sire, le 29 mai 1453, je combattais dans les murs de Byzance assiégée par Mahomet II; c'était tout ce que je pouvais faire alors pour Constantin qui avait méprisé mes conseils, bien que je me fusse fait connaître à lui, lorsque, arrivé auprès de la porte de Saint-Romain, je me trouvai face à face avec l'empereur. Constantin Dracozès était couvert de sang et se reposait de ses fatigues de la matinée sur une pierre, car il avait déjà combattu comme un lion : à ma vue il se leva et m'entraîna rapidement derrière une maison en ruines, et là il me révéla un secret qui, entre mes mains, disait-il, pouvait peut-être un jour le venger s'il succombait. Ce secret, sire, il est tout entier contenu dans ce parchemin qu'André Paléologue remit autrefois au roi Charles VIII de France.

— Et c'est vous qui l'avez écrit?

— Oui, sire, et pour que vous ne suspectiez pas mes paroles, je vais vous remettre le chiffre au moyen duquel ces caractères grecs ont été tracés, et qui servira à rétablir le texte même de l'inscription.

— Ce parchemin, dit le roi en le considérant sérieusement, a été remis à Charles VIII, c'est incontestable, des procès-verbaux y annexés en faisaient foi, et il en est parlé dans la copie de l'acte par lequel André Paléologue cédait ses droits au roi de France, — lequel acte mes archivistes n'ont pu retrouver encore.

Saint-Germain déplia un papier sur lequel étaient tracées des lettres grecques, et sous chacune de ces lettres les étranges signes d'une langue absolument inconnue au roi.

— C'est du chaldéen, sire. Il est impossible qu'il n'y ait pas dans votre Université quelque savant qui connaisse assez cette langue pour lire couramment ce document, surtout quand je vous en aurai donné déjà la traduction.

— Et cette traduction?

— La voilà, sire.

Le comte retira respectueusement le parchemin d'entre les doigts du roi, le plaça devant ses yeux, et prenant une plume et une feuille de papier, écrivit au fur et à mesure qu'il traduisait à haute voix.

La curiosité du roi était vivement excitée et il écouta avidement la version, tout en suivant la main agile du comte.

Saint-Germain écrivit :

— « Moi Michel Paléologue, fils aîné de « l'empereur d'Orient Andronic II, conservé à « la vie par un miracle de Dieu, je confie à « mon petit-neveu André Paléologue, prince « et marquis de Montferrat, un secret qui m'a « été révélé par le grand Constantin Dracozès, « le jour où il s'est enseveli sous les ruines « de sa capitale, assiégée et prise par les « Turcs. »

— Vous écoutez, sire? demanda Saint-Germain en relevant la tête.

— Allez, comte, répondit le roi, je n'en perds pas un mot.

Saint-Germain continua :

— « Le grand Constantin Dracozès, prévoyant trop tard la chute de son empire, « voulut du moins soustraire à la rapacité des « infidèles les immenses trésors amassés par « les empereurs ses prédécesseurs et par lui. « Sur les conseils de ses ministres, il fit remplir d'or et de pierreries, aux yeux de tous, « des caisses et des sacs qui, vidés secrètement « quelques heures après, furent remplis de « cailloux et jetés ensuite en cet état dans le « Bosphore. »

— Je comprends, dit le roi à voix basse.

— « Ces pierreries et cet or, continua Saint-« Germain, évalués à environ quatorze cents « millions... »

— Quatorze cents... fit le roi suffoqué.

— Sire, remarquez que j'écrivais ceci en 1490 et que, depuis, la valeur de l'argent a plus que doublé.

— Mais c'est une fortune énorme, immense, fabuleuse, dont vous parlez là, comte!...

— Oui, sire, le trésor des empereurs du Bas-Empire était assez bien garni.

— Continuez, comte, continuez!

— « Ces pierreries et cet or ont été cachés « par Constantin Dracozès dans quatre en-« droits différents. Les murs de Sainte-Sophie « sont couverts de peintures à fresque, et quoique cette église soit devenue mosquée, les « Turcs ont respecté ces images. L'une représente saint Luc, et en creusant le mur, à « deux pieds au-dessous de l'image, on trouvera l'entrée d'un petit caveau où sont renfermées les pierreries. »

— Êtes-vous allé à Constantinople vérifier

au moins l'existence du panneau? demanda le roi.

Mais Saint-Germain continua sans répondre et sans que le roi s'offusquât du sans gêne :

— « Sous l'une des trois tours du château « des Sept-tours qui ont été renversées par « des tremblements de terre, celle de droite, « est une citerne au fond de laquelle ont été « noyés les deux tiers de l'or monnayé. »

— Et cette citerne, dit le roi, existe-t-elle encore?

— « Enfin, reprit le comte, le tiers restant « de l'or a été également noyé dans la grande « citerne de Philoxène, renfermé dans une « caisse de plomb, au pied de la cent vingt-« sixième colonne de marbre rouge, en partant « de l'entrée, et sur laquelle a été gravé un « croissant. »

— Tant de richesses! fit Louis XV.

— Sire, avec cet argent je puis entretenir à Constantinople une armée de trente mille hommes pendant cinq ans. Je n'en demande pas davantage pour chasser les Turcs à tout jamais ou les exterminer.

— Mais qui me garantit l'existence de ces millions entassés par la prévoyance du dernier empereur d'Orient?

— Sire, ce parchemin n'a point été fabriqué pour la circonstance, il est entre vos mains ou celles de vos prédécesseurs depuis l'an 1495; et il est peu probable, en admettant que vous doutiez de mon identité avec Michel Paléologue, que le prince André ait eu l'idée de préparer au roi Charles VIII, ou à ses successeurs, une mystification posthume au moins inutile.

— Mais dans quel but a-t-il remis ce parchemin à Charles VIII?

— Dans celui de ne pas laisser éternellement enfouies ces richesses, au cas où je ne serais point reparu. — Si, avant de mourir, André ne m'avait point revu, il eût envoyé au roi de France le chiffre au moyen duquel pouvait être lu ce titre.

— Je comprends, dit le roi en réfléchissant.

— Sire, j'aurai l'honneur de répondre à présent aux questions de Votre Majesté. Depuis la conquête des Turcs, j'ai eu plusieurs fois l'occasion de visiter Constantinople. Dans la mosquée de Sainte-Sophie, la peinture existe et j'ai reconnu, à un signe certain que m'avait indiqué Constantin Dracozès, que le mur n'a jamais été ni démoli ni fouillé. J'ai visité les Sept-Tours, et au milieu des ruines de la tour de droite, j'ai parfaitement vu briller, au fond d'un gouffre, les eaux croupies de la citerne, alimentée par une source inconnue : l'or y est-il encore, je l'ignore, et ce n'est pas au milieu d'un château rempli de soldats que je pouvais essayer de sonder le mystère que renferme ce gouffre.

— Et la citerne de Philoxène?

— Sire, cette citerne extraordinaire, moins considérable que celle nommée Basilique, est un monument souterrain dont la voûte est soutenue par deux cent vingt-quatre colonnes. On ne s'aventure qu'en tremblant sous ces arcades séculaires, et la barque qui vous porte a tout à fait les allures de celle du nautonier des enfers; de terribles éboulements ont eu lieu qui ont rétréci d'autant l'immensité de ces souterrains lugubres, et à l'époque où je les ai visités, je trouvai difficilement un guide pour m'y diriger; mais, grâce au ciel, j'y parvins, et, comptant silencieusement les piliers, je suis arrivé au cent vingt-sixième. Constantin ne m'avait pas trompé, car sur le marbre apparaît, comme s'il était creusé d'hier, le croissant maudit. Cependant, je voulais en voir davantage : à Sainte-Sophie, aux Sept-Tours, toute investigation, une attention trop soutenue même, auraient pu inspirer des soupçons, là je pouvais tenter un essai.

— Quatorze cents millions... dit le roi, cela représenterait bien aujourd'hui trois milliards.

— Oui, sire, les empereurs d'Orient possédaient, en diamants seulement, le double de cette somme avant les guerres qu'ils eurent à soutenir contre les Ottomans. C'est Venise qui les achetait quand ils avaient besoin d'en aliéner une partie, et Venise les a répandus depuis sur l'Europe, il en est, sur votre couronne, qui doivent venir de cette source.

— Et vous avez pu vous assurer que la citerne...

— J'ai pu me glisser, la nuit, sous ces voûtes humides et me guider, avec l'aide de Dieu, dans ce labyrinthe effrayant et sourd. A chaque instant, ma barque se heurtait contre une des colonnes et ce bruit, si faible qu'il fût, emporté par l'écho, éveillait dans la citerne immense comme les éclats de la foudre. C'était à croire que cet édifice extraordinaire allait s'écrouler sur ma tête; mais la terreur peut difficilement émouvoir mon âme et je comptais dans l'obscurité les colonnes avec sang-froid, lorsque, arrivé à la cent vingt-sixième, j'eus beau palper et repalper le marbre, jamais mes doigts ne purent retrouver le croissant creusé par Dracozès. Je m'étais perdu, évidemment, dans ce dédale inextricable; mais alors j'appelai à mon aide et la science et le don que Dieu m'a fait. Je voulus *voir* et je vis le pilier.

— Et enfin?... demanda le roi avec impatience.

— De même que j'avais vu le pilier, malgré l'obscurité, la lumière qui vit au dedans de moi sonda l'abîme et je vis la caisse de plomb à demi enfoncée dans la vase. Cependant, je me défiai de cette lumière de mon âme plus vive pourtant que celle des yeux du corps, et après m'être dépouillé de mes vêtements et avoir attaché ma barque au pilier, je plongeai dans cette eau glacée, plus froide que la mort et dont la sinistre tranquillité avait quelque chose d'effroyable. La lumière intérieure ne s'était pas trompée, je palpai de mes mains fébriles cette lourde caisse, longue comme un homme et d'une largeur moindre, et je reconnus que c'était un cercueil de plomb. Elle ne céda point sur les efforts que je vis pour la remuer; mais je demeurai bien convaincu que le grand Constantin ne m'avait pas trompé.

— Oui, dit le roi, la conquête seule peut vous faire entrer en possession de ces trésors.

— Vous dirai-je encore, sire, qu'en reparaissant au-dessus de la surface des eaux je ne retrouvai plus ma barque.

— Ah! pauvre comte...

— Je l'avais mal attachée sans doute, et je restai pendant quelques minutes, étreignant de mes mains désespérées cette colonne, ne songeant pas à faire encore une fois appel à la faculté extraordinaire que je possède, et invoquant Dieu, bouleversé par la peur, car le bruit que faisait la barque en se heurtant contre les colonnes lointaines faisait éclater dans les profondeurs du souterrain ces bruits de tonnerre et d'écroulement entendus déjà, mais cette fois multipliés dans des proportions effroyables. — Enfin, au moment où mes forces m'abandonnaient, je voulus *voir*, et ma barque m'apparut à cent brasses environ du lieu où j'étais. Je nageai vers elle et, quelques instants après, j'étais hors de ce terrible palais où une existence d'homme peut s'éteindre sans que personne en ait jamais soupçon.

— Bien, dit le roi, je veux croire à vos révélations, comte, — voici le budget de votre empire futur; mais où est celui du chef d'armées?

— Votre Majesté a-t-elle l'intention de prêter l'appui de ses bataillons à une entreprise qui ne peut que tourner à la gloire éternelle du roi très-chrétien; qui peut reprendre au point interrompu l'œuvre de saint Louis, et, par ces croisades saintes, ranimer l'esprit chevaleresque qui s'éteint en France et fait place à des sentiments qui amèneront immanquablement sur elle d'irréparables malheurs.

— Que voulez-vous dire, monsieur?

— Je veux dire, sire, reprit Saint-Germain d'une voix sévère, que la France est sur un abîme, que les forces vives de cette grande nation s'énervent dans de scandaleux plaisirs et que, dans l'ombre, veillent des haines et des vengeances qu'il sera peut-être un jour impossible de conjurer.

— Monsieur!...

— Sire, je parle au chef de vingt-six millions d'hommes, au chef d'une nation qui doit aux autres l'exemple et l'impulsion; enrayez sur la pente fatale, il en est temps encore, et je vous offre une splendide occasion de diriger, vers la conquête d'une terre autrefois chrétienne, les nobles qualités qui sommeillent au fond du cœur de vos peuples.

Louis XV se remit de l'étonnement que lui avaient d'abord causé ces paroles hardies, et ramena son interlocuteur au positif.

— Mais vous ne me dites toujours pas, comte, — car il ne faut pas nous dissimuler que les finances de mon royaume sont fort délabrées, et qu'il me serait impossible de vous aider de mon argent, — vous ne me dites toujours pas quel sera le budget de votre expédition.

— Sire, croyez-vous que j'aie pu équiper sans argent vingt vaisseaux de guerre?

— Avec une vie aussi longue que la vôtre on peut réaliser des économies...

— Sire, je ne vous ai pas tout dit, reprit Saint-Germain en souriant avec dédain. Constantin Dracozès m'avait indiqué quatre endroits différents où il avait enfoui ses trésors, et je ne vous ai parlé encore que de trois d'entre eux...

— Et le quatrième?...

— Le quatrième avait été enterré dans les jardins qui, depuis, sont devenus les jardins du harem des sultans.

— Et vous avez pu y pénétrer?

— Oui, sire.

Louis XV redoubla d'attention, car il s'attendait à des détails intéressants. Saint-Germain sourit et continua.

## II

### OÙ IL EST QUESTION DE CHANGER LA FACE DU MONDE

— Un homme, reprit Saint-Germain, qui est surpris dans le harem du Grand-Seigneur, est puni de mort.

— Je comprends qu'on risque son cou pour entrer dans le paradis de Mahomet, dit Louis XV dont l'égoïsme faisait en ce moment du chevaleresque à froid; car il était réellement incapable de sacrifier la plus infime partie de lui-même pour quoi que ce fût.

— Il n'est pas indifférent, sire, que je vous donne une idée de l'habitation des femmes du sultan pour vous faire bien comprendre à quels périls je m'exposais en tentant de m'emparer de cette partie du trésor de Constantin. Le *sérail* que nous confondons en Europe avec le *harem*, prenant le tout pour la partie, est la demeure du sultan : il est situé sur un promontoire, entre la mer de Marmara, le Bosphore et le Port, où Corne d'or. Ses murs forment une enceinte de trois lieues de circuit et renferment une seconde ville dans la ville, maisons, palais, mosquées et jardins; et dix mille personnes y vivent à l'aise, y compris la domesticité et la garnison. Le harem forme une partie distincte du sérail : il contient d'abord les habitations des femmes légitimes du sultan, dont chacune a sa maison à elle, entourée de jardins, et une foule de jeunes filles nommées odalisques pour la servir; puis celles des esclaves destinées aux plaisirs capricieux du maître, et servies, elles aussi, par des odalisques. Les portes extérieures du harem sont gardées par les eunuques noirs, obéissant à leur chef, le Kislar-aga, qui a pleins pouvoirs. A l'extérieur, une armée d'eunuques blancs, d'icoglans, de muets, de bostandjis, de baltadjis, tous jaloux de remplir un devoir ou de faire un service dont la moindre infraction est punie de mort.

— Ma foi, mon cher comte, dit le roi, j'avoue qu'on doit regarder à deux fois avant de se risquer à franchir ces murs redoutés.

— Eh bien! sire, il m'a semblé plus facile de tenter l'entreprise de ce côté que de m'attaquer au mur de Sainte-Sophie, aux ruines des Sept-Tours et à la citerne de Philoxène. La mosquée a des imans qui veillent jour et nuit, les Sept-Tours ne sont accessibles qu'à de rares visiteurs; et quant à la citerne, il m'eût fallu des complices parmi ses gardiens, — et il y a des espions partout, sans compter ceux qui le sont par instinct. Au harem, une fois entré, j'étais bien sûr d'y rester tout le temps nécessaire.

— Mais il fallait entrer!...

— J'ai mis dix années, sire, à préparer ce jour, et à cet effet j'avais acheté dans les provinces les plus fécondes en beaux visages, en Anatolie, en Circassie, dans l'Epire, à Rome, six jeunes filles si extraordinairement belles, si irréprochables au point de vue des perfections de toutes sortes, qu'il n'y avait pas à douter que l'une d'entre elles au moins, sinon toutes les six, serait achetée par le chef des eunuques.

Le roi eut un frémissement dans les doigts, une flamme brilla devant ses yeux, un bourdonnement tinta dans ses oreilles, et une fièvre de volupté, rapide comme l'éclair, passa dans tout son sang.

— Six jeunes filles, toutes parfaitement belles, dit-il, c'était là le vrai trésor!... mais continuez...

— Quand ces jeunes filles eurent l'âge requis, je les fis vendre au marché des esclaves, et comme elles étaient d'une beauté surprenante, le sultan seul put payer le prix qu'en demandait mon agent. Toutes les six furent admises au harem. J'étais donc sûr d'avoir là des complices dociles, aussi devais-je réussir. Je fus introduit, une nuit, par la muraille de mer, et si bien caché dans la chambre de l'une d'elles, que pendant les sept nuits suivantes je pus fouiller la partie du jardin où je savais trouver quatre coffres remplis de pierreries. Ces pauvres filles ont toujours cru qu'il s'agissait pour moi de pénétrer auprès d'une sultane : si elles avaient su que je n'agissais que pour m'emparer de richesses immenses, elles m'auraient peut-être trahi.

— C'était, en effet, dit le roi, connaître le cœur féminin et bâtir sur sa malice.

— Cependant, lorsque je fus possesseur de mes quatre coffres heureusement assez peu volumineux pour être enveloppés dans mon manteau, et prêt à quitter le harem, celle qui m'avait caché ne voulut plus me laisser partir. La malheureuse était devenue éprise de moi, et avait horreur de la vie que lui promettait la molle oisiveté de ce séjour qu'elle avait eu le temps d'éprouver depuis un mois. Elle voulut absolument fuir avec moi, et ce me fut encore une nuit perdue, car il s'agissait de décider ses compagnes à la servir comme elles me servaient... et j'avais une frayeur mortelle que la même fantaisie se renouvelât chez l'une des cinq autres. Mais je fus rassuré bientôt et elles applaudirent toutes à l'amour étrange de la belle Circassienne.

— Décidément, comte, dit le roi, vos diamants gâtent diantrement le plaisir qu'il y avait à se trouver ainsi entouré!...

— Eh! sire, n'avais-je pas eu déjà ces six jeunes filles en mon pouvoir!... fit Saint-Germain avec un sourire que le sultan du Parc-aux-Cerfs trouva un peu trop dédaigneux.

— Et étaient-elles toutes aussi belles que...

— Qu'Angiolina, fit le comte achevant la pensée du roi, — non, sire. Angiolina est la plus merveilleuse créature qu'il m'ait été donné de rencontrer depuis que j'existe.

— C'est en effet une merveille!... s'écria le roi en fermant les yeux, comme si le souvenir

..... voulurent descendre avec nous l'échelle de cordes. (Page 9.)

seul de cette suave houri suffisait pour l'éblouir...

— Mais continuez, reprit-il comme honteux de sa faiblesse.

— Sire, il s'agissait de sortir du harem avec une femme et chargé de plus de cent millions, vous comprenez qu'il y avait à être ému. Heureusement mes anciennes esclaves furent dociles à ma voix et nous nous avançâmes vers la muraille, muni de l'échelle de cordes au moyen de laquelle nous allions quitter ce lieu redouté. C'était un spectacle charmant, sire, pour un cœur jeune et naïf, que celui de ces cinq femmes si belles, vêtues de leurs riches costumes orientaux, aidant par une nuit calme et claire deux amoureux à franchir l'obstacle qui les séparait de la liberté.

— Mais voici qu'une nouvelle complication se présenta. Ce ne fut plus une seulement des six femmes qui voulut fuir : quatre, à la vue de la mer, du ciel pur, de la liberté, voulurent descendre avec nous l'échelle de cordes. Deux consentaient à rester, mais les autres, à ma première parole d'opposition, se mirent à éclater en sanglots et à me supplier. Impossible de résister, je pris mon parti. — D'ailleurs cela était piquant! A la grâce de Dieu, m'écriai-je, et l'évasion commença dans de nouvelles proportions. Nous risquions tous notre vie et nous riions cependant... Ah! cette nuit m'a fait souvent regretter de n'avoir pas renfermé mon existence dans le seul culte de l'amour... Oh! là seulement est le bonheur...

Et en disant ces mots Saint-Germain laissa tomber son front sur sa poitrine.

— C'est vrai, comte, répliqua le roi, — et, tenez, voulez-vous que je vous dise... eh bien! je vous le jure, au fond de l'âme, j'aimerais mieux être le dernier seigneur de ma cour, riche de cent mille livres de rente, et occupé seulement du soin de plaire, ne songeant qu'à aimer et à être aimé.

Saint-Germain sourit.

— Vous riez, comte, et même je comprends votre sourire... Vous vous dites que je fais déjà bien bon marché de ma couronne et que, laissant mes ministres gouverner, je suis très-près de réaliser ce rêve, avec des millions en plus pour revenu, — eh bien! c'est ce qui vous trompe, je m'occupe beaucoup de mon peuple, je gémis même souvent en secret sur ses misères, je voudrais de tout mon cœur et de toutes mes forces les soulager... mais que voulez-vous! je ne puis pas tout faire, ma vie n'y suffirait pas, — à peine même si j'aurais le temps de chercher d'autres ministres qui, peut-être, ne vaudraient point ceux que j'ai... Ah! vous aviez raison, nous sommes peut-être à la veille d'une catastrophe!... MM. les encyclopédistes, MM. de Voltaire, Rousseau et les autres, nous portent de furieux coups de pioche en parlant simplement le langage de la raison... mais je me fais vieux, il est trop tard pour changer quelque chose aux rouages du gouvernement que m'ont légué mes illustres aïeux, un travail trop attentif abrégerait mes jours, — ce sera l'affaire de mon successeur.

L'égoïste Louis XV débita son abominable petit panégyrique de la meilleure foi du monde, — et c'eût été vraiment se montrer cruel que de troubler la limpidité de cette belle conscience dormante; aussi le sévère Saint-Germain se contenta de sourire avec insouciance, ayant grand soin de cacher le mépris dont l'amère expression se dessina, seulement, dans le coin de ses lèvres discrètes.

— Mais, reprit le roi qui, sans doute, se reprocha aussitôt le dernier mot de sa phraséologie mélancolique, — revenons à vous, comte.

— Sire, reprit Saint-Germain, ces cent millions de diamants ajoutés aux richesses que j'avais su amasser, avant de me faire passer pour mort en 1317, ont été, augmentés sans cesse par des spéculations hardies, le budget du dernier des Paléologues; je puis même dire qu'aujourd'hui, je pourrais à la rigueur renoncer au reste du trésor de Constantin, car la science est venue à mon aide et m'a donné le moyen de faire à mon gré des diamants aussi purs que ceux de Golconde et du Brésil. Cependant, sire, l'or n'est rien à qui n'a pas la terre. Mes vaisseaux et mes soldats sont difficiles à rallier à jour dit, et leur existence sur la mer est subordonnée à tant d'incidents que je ne puis jamais compter sur eux, comme j'y compterais si j'avais un port où il me fût possible de les réunir à demeure. C'est pour cela que j'ai tenté d'acheter la Corse à la république de Gênes, au nom de la Russie, et c'est pour cela que je viens le proposer de nouveau, mais cette fois à Votre Majesté.

— Gênes est embarrassée en effet de cette île, dit le roi, dont la possession lui coûte de l'or et des soldats, car les Corses subissent avec impatience son joug détesté. J'ai déjà dépensé beaucoup d'argent et envoyé beaucoup d'hommes à Gênes, comte, et qui sait si la guerre que je soutiens à présent avec les Anglais n'a pas cette intervention pour mobile secret? Les Anglais veulent la Corse, et ils l'auront, si nous n'y mettons ordre.

— Sire, Gênes a ses finances obérées, elle ne pourra jamais rembourser les avances faites par votre gouvernement, — voulez-vous que je lui achète la Corse, afin qu'elle se libère envers vous, ou que je l'achète en votre nom?

— Si vous l'achetez... pour vous, qu'en résulterait-il pour moi?

— Il est évident, sire, que les puissances ne verraient pas cette affaire d'un œil tranquille et que je n'aurais pas le temps de préparer mon entreprise, car toutes s'armeraient pour me déposséder; mais en l'achetant en votre nom je prépare mon expédition à couvert du drapeau français...

— Eh! là est le danger aussi!...

— Sire, votre guerre avec l'Anglais ne peut durer, et d'ailleurs pendant que vos armées l'occupent en Hanovre et sur vos côtes, je pourrais plus facilement agir. Je demande trois mois pour préparer mon expédition, à condition que vous me fournirez seulement dix mille hommes, car alors j'aurais dix mille Corses — et ce sont de fiers soldats; — un mois pour vaincre, — deux ans pour me consolider sur le Bosphore, et après ces deux ans, si vous le voulez, nous partagerons le monde.

— Comte, s'écria le roi, c'est un rêve, cela, un rêve!...

— Non, sire, une réalité, une chose possible! Le sultan s'endort, il ne guette les ennemis que d'un côté, il ne voit que l'Autriche, il ne craint que la Russie; tandis que j'arriverai, moi, par les Dardanelles, celui qui les garde est à moi, — à la tête de mes hardis aventuriers, avant que la nouvelle ait eu le temps de parvenir au fond du harem. Voyez-vous, sire, la surprise de l'univers, lorsque le soleil qui se sera couché ce soir embrasant les croissants d'or surmontant les mosquées, se lèvera demain en faisant éclater aux yeux de tous le signe vénéré des chrétiens, le signe qui resplendissait sur le labarum sacré du premier Constantin!

— C'est bien, oui, c'est bien, c'est splendide! fit Louis XV enthousiasmé.

— Eh bien! sire, il vous appartient de donner ce magnifique spectacle au monde étonné.

— J'en parlerai à mes ministres, dit le roi avec résolution.

— Ah! sire!... s'écria Saint-Germain.

— Eh bien?...

— Ce serait tout perdre!

— Pourquoi cela?

— Parce qu'ils ne comprendront pas, comme Votre Majesté, toute la grandeur d'une telle entreprise.

— C'est possible, fit le roi en réfléchissant, — mais comment faire?

— Un ordre de Votre Majesté et tout est dit. Que peut être l'intervention des ministres en cette circonstance? elle ne peut se résumer qu'en simples conseils, car ils n'auront pas à alléguer les dépenses que peut entraîner l'expédition, puisque ce sont les trésors du grand Constantin qui les solderont?

— Mais quel général mettre à la tête des troupes qui vous seconderont?

— Le duc de Richelieu, sire, je puis compter sur sa coopération.

— Si, en effet, vous lui avez garanti trente ans d'existence, il doit être tout à vous. Mais ce n'est pas assez... Il y a quelque chose qui s'oppose tout d'abord à la réussite diplomatique de tout ceci; car, il ne faut pas se le dissimuler, l'Europe échangera des notes par ambassadeurs, et à moins de laisser partir le maréchal et ses troupes en enfants perdus...

— Je comprends la pensée de Votre Majesté, reprit Saint-Germain, mais j'ai paré à la difficulté et j'ai le moyen de forcer l'Europe entière à accepter le fait accompli, non-seulement quand elle verra la puissance énorme dont la France pourra disposer, appuyée sur l'empire d'Orient, mais encore si elle apprend, d'avance, que le roi de France a fait en quelque sorte de cette conquête une affaire de...

— Achevez, comte.

— Une affaire de famille.

— Hein! fit le roi au comble de la stupéfaction.

— C'est par des alliances de familles que se cimentent les alliances des peuples.

— Expliquez-vous, monsieur.

— Sire, je craindrais de déplaire à Votre Majesté, si je m'expliquais trop ouvertement, quoiqu'à vrai dire, la franchise soit certainement la meilleure des diplomaties.....

— N'importe, parlez.

— Il y a deux moyens, sire, et lorsque Louis XIV a pu envoyer son petit-fils en Espagne pour y régner, il ne faisait que couronner l'œuvre de Mazarin, ce grand politique, qui avait prévu Philippe V quand il faisait épouser à son élève une infante d'Espagne.

Louis XV était assez mal à son aise, l'orgueilleux Bourbon se tenait sur la défensive, et celui qui n'avait jamais trouvé aucun prince étranger digne d'épouser une de ses filles, sentait tout son sang se soulever à l'idée que les paroles obscures du comte semblaient cacher. Cependant, il ne voulut pas prolonger plus longtemps ce malaise et demanda une énonciation claire et nette.

— Des deux moyens, sire, je veux d'abord vous indiquer le plus éloigné de son exécution, celui qui ne peut être que subordonné au succès.

Le roi respira, c'était du moins un grand répit entrevu, et il se prépara à recevoir le coup.

— Admettez, sire, que j'ai réussi : que mes troupes occupent les casernes de Byzance, que tous les Grecs de ce vaste empire, tous chrétiens, ont accepté le nouveau souverain et que, massés en cohortes compactes, ils défendent l'approche de ma capitale, écrasant toute milice turque qui ne se soumettrait pas; admettez que mes forces centuplées, grâce à mon or répandu largement, de trente mille hommes que m'ont promis Venise, Florence, Naples, la

Sicile, le Portugal, — admettez que mes forces sont suffisantes pour s'opposer aux réclamations armées de l'Autriche et de la Russie... — eh bien! sire, le roi de France croira-t-il déroger en donnant à l'empereur d'Orient une de ses filles pour femme?...

Saint-Germain regarda le roi en face. Il avait su graduer ses paroles afin de faire germer dans son esprit l'idée possible d'une telle union: aussi son triomphe fut-il complet.

— Je jure, dit le roi avec ce noble accent de dignité et de grandeur qu'il savait si bien prendre dans les occasions solennelles, — je jure de donner une de mes filles au descendant des Paléologues, lorsqu'il aura ceint la couronne de Constantin.

— Merci, Majesté, cette parole généreuse, cette promesse magnanime suffit pour assurer dans l'avenir la paix du monde.

— Et votre second moyen? demanda le roi qui prévoyait bien que, pour que le comte l'eût réservé pour la fin, il fallait qu'il présentât de sérieuses difficultés.

— Sire, j'ai une fille, — les actes les plus authentiques, émanés des chancelleries de Portugal, de Gênes, de Venise et de Rome, la désignent comme fille du prince marquis de Montferrat!...

— Eh bien?... fit le roi d'un air soucieux.

— Je vous demanderai, pour elle, la main d'un prince du sang de France.

— Oh!... s'écria le roi... mais je ne vois pas... reprit-il aussitôt.

— Sire, M. le duc d'Orléans a un fils...

— Le duc de Chartres? grommela le roi en faisant la grimace, car la branche aînée des Bourbons a toujours profondément exécré la branche cadette.

— Le duc de Chartres qui n'a pas dix ans, oui, sire, ou bien, si vous l'aimez mieux, le duc d'Orléans lui-même qui, je l'ai *vu*, sera bientôt veuf.

— Eh! tenons-nous-en au duc de Chartres, reprit le roi.

Au fond du cœur il n'était pas fâché de jouer un vilain tour à son cousin, en faisant épouser à son fils la fille d'un aventurier, en admettant que Saint-Germain fût un aventurier. Cependant, il le voyait si sérieux et si convaincu, qu'il n'eût pas voulu, d'un autre côté, mettre cette famille sur un trône, fût-il aussi problématique que celui de Byzance.

— Votre Majesté daigne consentir...

— C'est entendu, comte, — votre fille sera duchesse de Chartres, mais...

Saint-Germain n'osa lui demander le motif de son interruption, et le roi reprit:

— Vous êtes doué, mon cher comte, d'une faculté vraiment extraordinaire, et vous ne trouverez certainement pas surprenant que je vous adresse une question qui, du reste, vient tout naturellement sur mes lèvres.

Saint-Germain sourit, il comprenait, ou plutôt il lisait la pensée du roi, néanmoins il le laissa la formuler tout entière.

— Vous voyez l'avenir, vous voyez que M. d'Orléans sera bientôt veuf, vous voyez beaucoup de choses concernant les autres, — je ne vous demande rien qui me concerne; mais ne pouvez-vous prévoir ou voir ce qui vous concerne, vous?

— Oui, sire, parfois.

— Pas toujours donc? Et, par exemple, vous ne voyez pas si, bien certainement, vous serez un jour empereur d'Orient.

Cette question ne déconcerta nullement Saint-Germain, d'abord parce qu'il l'avait prévue et ensuite parce qu'il se l'était faite, non pas souvent, mais incessamment.

— Sire, dit-il avec un triste et mélancolique abattement, — vous touchez là une des plus douloureuses cordes de mon existence. Oui, c'est vrai, il y a une fatalité insurmontable qui s'oppose à ce que je lise couramment dans mon avenir... Je puis voir ce qui me touche ou m'intéresse au moment même où cela se produit; mais chaque fois que je veux essayer de pousser plus loin mon œil si perçant pour le reste, un nuage s'élève devant mes yeux avides et il s'établit une succession si rapide d'événements, une confusion si intense de faits et d'individus que je ne puis en suivre la marche ni en comprendre le sens... c'est à en devenir fou parfois, et quand des visions de ce genre se présentent devant moi, je crois toujours toucher à ma dernière heure, tant mon épouvante est grande, tant mon désespoir est poignant.

— Je conçois cela, fit Louis XV.

— Seulement, sire, il y a quelque chose qui ne me trompe pas; oui, une sorte de certitude se présente à l'esprit qui veille en moi, car cent fois la même vision s'est présentée, et si palpable, que je dois la prendre pour un coin du voile de l'avenir qui se déchire.

— Que voyez-vous donc? demanda le roi qui s'intéressait prodigieusement à tout ce que disait cet homme étrange.

— Quand je tourne mes yeux, les yeux de mon âme, vers la ville des Césars byzantins, je vois d'abord un immense incendie qui la dévore, allumé par qui, je ne sais; la confusion est au comble, l'incendie dure plusieurs jours, mais au milieu des cris et du tumulte, je ne puis distinguer ni mes soldats ni moi... et cependant je vois mes vaisseaux non loin de là...

— C'est quelque chose, assurément, fit le monarque avec confiance.

— Mais ensuite, sire, quand l'incendie a disparu des nuées épaisses se placent de nouveau entre Constantinople et moi et il me semble que mon âme a voyagé longtemps, car je ne revois plus auprès de moi les hommes de mon temps...

— Mais c'est bien l'avenir, cela! fit le roi émerveillé.

— Oui, les hommes qui les ont remplacés n'ont plus rien de semblable quant aux costumes, c'est toute une révolution de la mode, et tout à coup, les nuages se dissipent, Constantinople m'apparaît de nouveau, — mais une Constantinople qui n'est plus celle d'aujourd'hui... ses rues sont pavées, ses places ornées de statues... plus de croissants sur les minarets respectés, mais la croix...

— La croix! s'écria le roi.

— Oui, le signe de la rédemption des chrétiens... et alors, je cherche le palais, ce sérail redouté où subsistent encore sur les murailles les traces de mon évasion, — et dans ce palais devenu accessible, non plus gardé par des eunuques noirs, par les janissaires ou les icoglans en turbans blancs, des soldats aux uniformes inconnus et qui pourtant se rapprochent de ceux de l'Europe.

— Dites-vous vrai, comte!...fit le roi qui partageait cette confiance de voir un jour peut-être réaliser ce rêve splendide qui a commencé par nos immortelles croisades.

— Sire, je veux aller plus loin, alors, je pénètre dans ce palais, j'ouvre les portes les mieux closes et je vois... je vois leur souverain, un empereur, et cet empereur est chrétien, car il est sur son trône, entouré de femmes aux visages découverts, entouré de grands dignitaires parmi lesquels des prêtres de l'Eglise romaine, des évêques, des cardinaux...

— Et ce souverain?... demanda avidement le roi.

— Ce n'est pas moi... répondit Saint-Germain avec abattement.

— Votre fils peut-être, mon cher comte!... s'écria le roi en mettant sa main sur celle de Saint-Germain qui tressaillit.

— Dieu vous entende, sire!... Qui sait s'il ne m'a pas fait vivre de longues années pour préparer cette grande réparation d'une grande injustice... Ah! du moins, si je dois mourir en l'accomplissant, je mourrai satisfait, dussé-je n'avoir travaillé que pour un autre.

— Ma foi, fit Louis XV, vous m'avez convaincu, comte, et j'espère comme vous qu'un jour viendra où les mahométans seront chassés, à leur tour, de ces belles contrées qu'ils ont volées à la face de l'Europe chrétienne, qui les a lâchement laissés faire!

— Maintenant, sire, si vous voulez m'en croire, reprit Saint-Germain, il y aurait peut-être quelque opportunité à appeler aux affaires un homme bien dévoué à Votre Majesté, et qui, ne voyant que l'intérêt de la France, saurait sacrifier, s'il en était besoin, les bonnes relations que vous avez en ce moment avec l'Autriche.

— Ah! vous voulez que je rappelle M. de Maurepas.

— C'est au roi de décider.

— Mais alors c'est me brouiller avec la marquise, qui est son ennemie, surtout depuis le fameux quatrain, vous savez...

Et le roi se mit à fredonner :

> La marquise a bien des appas,
> Ses traits sont vifs, ses grâces franches,
> Et les fleurs naissent sous ses pas :
> Mais, hélas!...

— Ce qui est une abominable calomnie, comte!... s'écria le roi en s'interrompant.

— C'est vrai, sire, mais M. de Maurepas, qui n'a peut-être pas fait le quatrain, était un bon serviteur de Votre Majesté.

— Vous avez raison, ma foi, je veux suivre votre conseil, — et je le crois bon, car il m'est venu déjà, faut-il que je vous le dise, comte? — eh bien! il m'est venu un soir que je soupais avec Angiolina.

Le comte sourit.

— Comte, encore un mot, reprit le roi, — nous reparlerons de tout cela demain matin, mais d'ici là il peut arriver beaucoup de choses... on ne sait pas... je voudrais que pour justifier ma croyance en vos prédictions et ma confiance à vos projets vous me fissiez une de ces prédictions... Oh! une de celles qui ne tirent pas à conséquence, diantre, j'ai eu bien assez de celles que vous me fîtes sur... ce *monsieur*...

— On le juge et condamne demain, sire.

Le roi détourna la tête avec gêne et continua en essayant de conserver un ton léger :

— Je voudrais une petite prédiction... comme,

par exemple, ce qui va se passer sous mes yeux, à dater du moment où vous m'aurez quitté.

— Sire, les hommes ont l'habitude d'aider eux-mêmes, à leur insu, aux prédictions qui leur sont faites, — je ferai donc mieux, je vais vous l'écrire, et vous ouvrirez ma lettre ce soir.

— C'est cela! fit le roi qui s'amusait de l'incident, comme d'un petit souper... d'hommes.

Le comte se recueillit... ses yeux se fixèrent sur sur un point vague de l'espace, et tout à coup son front se plissa... sa poitrine fut soulevée, et sur sa bouche crispée erra un violent mouvement de dépit et de haine.

— Oh! mais je suis là... murmura-t-il.

Puis, il prit la plume, traça à la hâte une vingtaine de lignes sur un papier, le plia, l'introduisit dans une enveloppe, la cacheta avec soin de son anneau et remit le pli au roi qui le glissa en riant dans sa poche.

— Allez, comte, dit le monarque en lui tendant une main sur laquelle celui-ci s'inclina respectueusement.

Saint-Germain sortit, — le roi demeura immobile à la même place. Maintenant qu'il n'avait plus cet homme inexplicable devant lui, il ne savait que penser.

Soudain, une petite porte dissimulée dans la boiserie s'ouvrit doucement.

M^me de Pompadour entra.

— La marquise!... se dit le roi avec un certain dépit, — elle a tout entendu!... me voilà bien!...

## III

### DES AVANTAGES D'UN SERMON ET DES INCONVÉNIENTS D'UN BÉNITIER

La situation était grave. La Pompadour se disait que si Lebel ne l'eût point avertie de cette entrevue du roi et de Saint-Germain, Sa Majesté eût perdu l'habitude de son escalier, comme disait son amie la maréchale de Mirepoix : et elle voyait le voluptueux monarque si bien pris par cette sirène d'Italie, fille de princesse par-dessus le marché, qu'il était évident qu'elle n'avait plus qu'un mot à dire pour être *déclarée*, car elle était déjà admise à la cour et présentée à la reine.

Sa juste frayeur inspira à la marquise le seul rôle qu'elle eût à jouer en cette circonstance. Elle entra péniblement dans le cabinet du roi et tomba sur un fauteuil, les yeux baignés de larmes.

— C'en est fait, dit-elle, vous ne m'aimez plus, vous me chassez!

Louis XV ne pouvait pas voir pleurer une femme. Ce n'était pas bonté d'âme, nous croyons l'avoir déjà fait remarquer au lecteur, c'était par crainte de ces malaises que cause aux gens nerveux une douleur que leur égoïsme ne peut partager. Habitué dès son enfance à ne voir que des visages souriants, il avait horreur des fronts moroses et, pour lui plaire, il fallait toujours être gai. Puis, contradiction étrange, c'était l'homme du monde qui se plaisait le plus à parler de la mort et du cimetière, mais relativement aux autres; car il ne pouvait se figurer qu'il mourrait un jour, et cette idée était-elle peut-être pour quelque chose dans la répulsion qu'il avait montrée pour l'élixir de vie de Saint-Germain.

Il prit un air ennuyé en voyant la marquise en larmes, mais il eut, tout de suite, un mot pour les sécher.

— Moi, vous chasser, marquise, jamais!

— Cependant, vous l'avez dit tout à l'heure.

— Parce que je veux rappeler M. de Maurepas, — eh bien! s'il ne faut que cela pour vous satisfaire, je ne le ferai pas, — je vous le promets.

— Ah! sire, vous ne m'aimez pas comme je vous aime, moi!... fit-elle, enchantée du prompt résultat, — car j'ai pour vous la plus entière abnégation.

— C'est vrai, je néglige des charmes que tous m'envient, mais...

— Eh! je ne vous parle pas de cela! je ne prétends en rien contraindre vos goûts, faire obstacle aux fantaisies qui vous charment, mais en rappelant M. de Maurepas, c'est-à-dire en épousant les gigantesques projets du comte, avez-vous bien réfléchi, sire, à toutes les conséquences?...

— Le but est beau et bien fait pour enthousiasmer le fils aîné de l'Église.

— Sans doute, il répond à tout ce qu'il y a d'élevé et de chevaleresque dans l'âme de mon roi, mais croyez-vous qu'une semblable tentative soit bien de notre époque?

— Oh! l'amie de M. de Voltaire et des philosophes va parler!...

— Non, mais l'amie de Louis de France, une femme qui juge sainement les choses et verrait avec peine celui qu'elle aime au-dessus de tout servir l'ambition d'un homme dont l'origine n'est rien moins que prouvée, et que vous connaissez à peine.

— Ma chère marquise, reprit le roi avec conviction, cet homme m'a sauvé la vie le 5 janvier, et vous ne pouvez l'oublier, vous qui l'avez amené dans ma chambre.

— Mon doux seigneur, son projet est beau, grandiose, mais les croisades et la chevalerie ont été furieusement attaqués par les railleries d'un grand poëte espagnol...

— Ma foi, je vous avoue que j'aimerais assez voir un chrétien régner à Constantinople : et il est certain que si cela était, la France qui l'aurait aidé deviendrait en peu de temps un empire redoutable.

— Eh! laissez faire le temps, cela ne peut manquer d'arriver. Laissez-nous d'abord abattre l'Angleterre, notre éternelle ennemie.

— Mais, chère, je trouve que nous n'en prenons guère le chemin, et que si cela continue... car enfin les Anglais sont débarqués sur nos côtes, ce qui ne s'était pas vu depuis des siècles...

Enfin, sire, vous n'avez pas songé à tous les tracas, à tous les embarras, à tous les ennuis que cette entreprise vous causerait, — non-seulement il faudrait vous occuper des troupes que vous lanceriez à la suite de cet aventurier, mais encore, grands dieux, j'en frémis d'avance, quelle avalanche de notes diplomatiques, de protocoles, d'explications, de dénégations, de protestations, de mensonges, à échanger avec les autres cours souveraines, — c'est-à-dire que je défierais à ce travail et M. de Maurepas qui est un grand homme d'affaires, et vous-même qui les expédiez si lestement et si sagement quand vous voulez, et de plus les grands ministres morts sous vos aïeux, MM. de Louvois, Colbert, Mazarin et Richelieu.

— Bast! fit le roi avec légèreté.

— C'est vrai, sire, et quand je cite ces grands génies, ce n'est pas individuellement que je voudrais les voir soulever le poids de cette immense affaire, c'est tous ensemble!... et encore, je le parie, ils n'en viendraient pas à bout.

— Le fait est, dit Louis XV devenant subitement sérieux, que ce cher comte me jetterait là de bien lourdes charges sur les bras!...

— Eh! donnez-lui votre fille en mariage, mariez la sienne avec M. de Chartres, si vous voulez, mais, quant au reste, renoncez-y ou commandez d'avance vos funérailles au chapitre de Saint-Denis.

— Holà! marquise, vous allez loin, corbleu!

— C'est que je suis au désespoir d'avance des ennuis que vous vous préparez!... La santé d'un géant n'y suffirait pas!

— Sans compter que mes ministres m'occupent déjà passablement!...

— Ne sont-ils pas cause que ce matin vous avez manqué une partie de chasse superbe, dont M. le grand-veneur, hier au soir, se promettait merveille!

— En vérité!...

— Sire, vous êtes roi, la France et vos sujets sont à vous, ne suivez que votre bon plaisir, votre peuple en sera encore trop heureux! Eh! après vous le déluge!

— Quelle adorable femme vous faites, chère marquise!

— Enfin la préoccupation de Votre Majesté est devenue telle, m'a dit Lebel, que vous passez presque tous les jours sous les fenêtres de la plus ravissante personne du monde, sans l'avoir encore aperçue.

— Ma vue est si mauvaise!...

— C'est cela que d'ordinaire vous vous privez de regarder les dames avec votre lorgnon!...

— De quelle jolie personne voulez-vous donc parler, marquise?... demanda le roi avec une curiosité d'autant plus vive, qu'il essaya de la cacher en baisant les belles mains de sa maîtresse en titre.

— Je ne sais, mais elle se trouve en ce moment dans la situation la plus intéressante. Elle a un père et un oncle à pourvoir, des gens fort méritants, et elle s'est adressée à moi pour implorer les bontés de Votre Majesté, ou plutôt pour réclamer justice.

— Mais du moment qu'il y a des services à récompenser, dit le roi, je ne refuse jamais.

— Une enfant si timide... Et tenez, j'ai là, précisément, les provisions des charges qu'elle sollicite pour ses parents... C'est un véritable modèle d'amour filial que cette jeune fille, sire, et, croyez-moi, ce serait la plus exécrable action que de ne pas lui accorder la faible satisfaction qu'elle réclame, d'autant plus que vous êtes certain de trouver dans toute cette honorable famille le plus entier dévouement.

— Fille de noblesse? demanda le roi.

— Noblesse de robe, entée sur noblesse d'épée, sire; voulez-vous signer?

— Ah! marquise, vous continuez mon ennuyeux conseil des ministres, savez-vous!... et j'aimerais mieux...

Ce disant, Louis XV voulut attirer la marquise sur ses genoux; mais celle-ci passa lestement derrière la table devant laquelle le roi était resté, et, s'asseyant à la place de Saint-

Germain, avança devant son royal amant deux grands parchemins et une plume mouillée d'encre.

Le roi prit machinalement la plume et signa plus machinalement encore, tout en fredonnant :

La marquise a bien des appas!...

— Méchant! dit Mme de Pompadour en l'embrassant sur les deux joues.

Elle sonna et Lebel entra.

— Tenez, dit-elle en lui remettant les deux parchemins, allez vite!

Elle voulut partir, elle aussi, mais le roi la retint. Elle vit bien qu'il fallait prouver encore à l'insatiable monarque que les vers du ministre disgracié étaient bien, comme il l'avait dit à Saint-Germain, une abominable calomnie.

Le soir, au moment de souper, le roi songea à la prédiction qu'il avait en poche, et brisant le cachet de l'enveloppe, lut ce qui suit avec autant de curiosité que d'émotion :

« Je m'aperçois que la marquise nous écoute.
« Il est trop tard pour revenir sur mes paroles.
« Après mon départ, elle combattra mes pro-
« jets et l'emportera, en apparence. — Elle fera
« signer au roi deux commissions en faveur
« de Mlle de Romans, — et les expédiera immé-
« diatement par Lebel. »

C'était tout, mais le roi fut démonté.

— Décidément, se dit-il, cet homme est bien sorcier!... La marquise, a-t-il écrit, l'emportera... *en apparence*... Il compte donc réussir!... C'est de la présomption cela!... Diable d'homme, je crois qu'il vaut mieux être bien que mal avec lui... Nous verrons!

Et le roi se mit à souper, sans rien dire à personne de ce qui le préoccupait.

Nous allons voir ailleurs quel avait été le résultat du message de Lebel.

La nuit commençait à tomber, et la famille de Romans, dans la prévision d'aller au sermon du carême, avait avancé l'heure du souper, lorsqu'un coureur de Sa Majesté apporta, à l'adresse de Mlle Diane, un grand pli cacheté.

Le chevalier de Rancrolles était resté. En voyant, dans l'après-midi, sortir Lebel de la maison, il s'était douté de quelque chose ; mais il n'avait pu obtenir la moindre parole de Diane. Elle avait affecté de ne pas quitter sa mère d'un seul instant, et le chevalier se dépitait tout en se promettant bien d'interroger dès que la moindre occasion lui en serait offerte ; seulement Diane évita de faire naître la moindre occasion.

Elle ouvrit l'enveloppe avec toute la gravité comportée par la situation; non sans échanger un regard d'intelligence avec son oncle, et après, avoir placé l'un des parchemins qu'elle contenait dans sa poche, passa l'autre à son père.

L'avocat, évidemment, s'attendait à quelque chose, mais en cherchant ses lunettes il était loin de se douter du contenu de ce titre où il entrevoyait vaguement au bas la signature du roi. Ses mains tremblaient d'émotion et sa vue se troublait au point qu'il ne put parvenir à le déchiffrer.

— Lisez donc, mon père! fit Diane pour lui donner du cœur.

M. de Romans résista à son beau-frère et à sa femme qui voulurent lui enlever le parchemin et lut.

Mais, dès les premiers mots, il se renversa sur son fauteuil, succombant à l'excès de sa joie, et sans pouvoir proférer une parole.

— Qu'y a-t-il donc? demanda la mère.

— Il y a, ma chère sœur, s'écria Rancrolles qui avait pu saisir l'acte, que monsieur votre époux est, à dater de cette heure, conseiller au parlement.

— Est-il possible!...

— Rien n'est plus véridique, tenez, c'est signé Louis.

— Enfin, Sa Majesté a donc rendu justice aux mérites de ce cher ami! fit madame de Romans en joignant les mains.

— Ce cher ami n'a pas prêté les mains aux ennemis du roi qui sont dans le Parlement, je le jurerais!

— Voilà où conduit la pratique de la vertu! s'écria l'avocat qui reprit ses sens et se leva pour se promener dans la salle à manger, en essayant déjà de donner à sa démarche les allures graves que commandait une telle élévation.

— Romans, fit le chevalier, va acheter une robe rouge tout de suite, mon bonhomme, ou tu risques fort de mourir d'apoplexie, avant de t'être vu dans un miroir ainsi costumé.

— Pas de plaisanterie, chevalier, et songez, je vous prie, à apporter à l'avenir un peu plus de réserve dans vos paroles quand vous me parlerez.

— Monsieur le conseiller, recevez mes félicitations, dit Rancrolles en se levant et saluant avec affectation ; — mais vous plairait-il requérir que Mlle Diane eût à faire connaître à la cour la teneur de l'acte numéro deux qu'elle a jugé à propos de dissimuler à ses amés et féaux parents.

— Diane, fit le père avec dignité, vous entendez la requête du préopinant.

— Je dirai demain matin ce que contient ce papier.

— Mais...

— Cela sera ainsi, dit-elle.

— Diane, mon enfant, reprit le père, les bras ouverts, ce que tu fais est bien fait et sera toujours parfait... Embrasse-moi! — Et vous, madame de Romans, que vous disais-je, toute famille n'a-t-elle pas ou n'est-elle pas destinée à posséder son grand homme, — eh bien! le grand homme de la famille, c'est Diane, embrassez-la!

Et elle désigna un homme debout près du pilier et qui les regardait. (Page 19.)

Pendant que la mère et la fille étaient embrassées, le nouveau conseiller appuya une main sur le bras de son beau-frère.

— Et dire, murmura-t-il à voix basse, que Mme de Romans ne voulait pas faire cet enfant-là!...

— Elle sera duchesse, répondit le chevalier avec conviction.

— Je commence à le croire, palsembleu!

— Il s'agit maintenant d'aller au sermon! fit Diane en se dirigeant vers sa chambre.

M. et Mme de Romans en firent autant; Rancrolles se glissa du côté par lequel avait disparu sa nièce.

Celle-ci, aidée d'une fille qui lui servait de femme de chambre, mettait la dernière main à une toilette déjà commencée pendant la journée, lorsqu'elle entendit gratter doucement à sa porte. Elle sourit et donna ordre de tirer les verrous.

Le chevalier entra et vint s'asseoir discrètement sur une chaise placée à côté de la table de toilette de la belle et brune enfant, et se contenta d'admirer.

Jamais Diane ne lui avait semblé plus jolie : ses yeux brillaient d'un éclat extraordinaire, et malgré l'état d'animation et d'anxiété dans lequel elle devait nécessairement se trouver, jamais son cœur n'avait battu d'une manière plus calme. C'était presque le sang-froid du vieux général à la veille d'une bataille, et le chevalier, qui n'était pas dupe des belles dispositions du roi envers la famille, ne pouvait se lasser de contempler ce visage sur lequel il avait depuis si longtemps fondé l'espoir de sa fortune.

Diane venait de passer une robe dont l'échancrure, savamment calculée, faisait valoir les charmes dont la nature avait été prodigue à son égard.

— Corbleu, dit le chevalier, tu es belle, bien belle!... plus belle que le jour de l'Opéra!...

— Oui!... répondit simplement la jeune fille en lui lançant un coup d'œil qui le fit frissonner de la tête aux pieds.

— Mais, du diable, ajouta Rancrolles, si on met de pareilles toilettes pour aller au sermon!

— Aussi n'en verra-t-on rien, répliqua Diane en recouvrant cette robe claire d'une seconde étoffe sombre

— Je crois, petite, que tu as oublié quelque chose dans la poche de celle que tu viens de quitter.

— Ah! oui-da! fit-elle d'un air mutin, — eh bien! bel oncle, que désirez-vous qu'il y ait sur ce second parchemin, voyons?

— D'abord, à qui s'adresse-t-il, ou de qui parle-t-il?

— D'un gentilhomme qui a rendu de réels services à l'État, et à son roi.

— Eh! il s'arrangerait assez bien d'un régiment... Ah! pourvu que ce régiment tînt garnison à Paris, Versailles, Saint-Germain, Saint-Cloud, et autres résidences environnantes.

— Ma foi, voilà une exigence à laquelle on n'avait pas songé!... fit Diane d'un air qu'elle s'efforça de rendre contrit, — mais si ce n'était pas un régiment... cherchons encore...

— Ah! il y a un poste qui me conviendrait bien, celui de...

— Dites, voyons pendant que vous y êtes.

— Eh! le gouvernement de l'un des châteaux du roi, tels que ceux que je viens de nommer ou bien celui de la Bastille...

— Alors, cher oncle, je vois que vous auriez la plus vive répugnance à vous éloigner de plus de dix lieues de la cour.

— Peste! je crois bien.

— Alors nous reparlerons de cela demain, si vous voulez, car je crains...

— Le parchemin me nomme à plus loin que cela!...

— J'en ai peur.

— Donne toujours, diantre! il vaut mieux tenir que courir, et quand tu le voudras il sera bien plus facile de me faire monter en grade.

Diane ramassa la robe qu'elle avait quittée, et la lui jeta sur les genoux; puis elle se retira en riant sous cape et rejoignit ses parents qui l'attendaient pour partir.

Le chevalier trouva facilement la poche et en sortit en se léchant les lèvres le bienheureux parchemin. Il le parcourut rapidement des yeux et ne put retenir une grimace.

— Gouverneur du château de Pau!... Trois cents lieues!... merci!...

Il mit stoïquement le titre dans sa poche, embrassa bruyamment la soubrette, s'enveloppa de son manteau et quitta la maison. Il demeura un bon quart d'heure sur la place d'armes, discutant avec lui-même.

— On en revient!... murmura-t-il, et puis elle aura besoin de moi, car son imbécile de père ne lui sera jamais qu'un obstacle... Diable! me ferait-elle l'honneur de se défier de moi!... Elle a tort, car, je l'avoue, je ne suis pas de sa force!...

Et sans savoir pourquoi, le chevalier suivit lentement le chemin de la cathédrale, absolument comme s'il eût été possédé du désir d'assister à un sermon édifiant; mais en approchant de Saint-Louis, il se trouvait tellement absorbé par ses réflexions qu'il dépassa le temple et arriva bientôt à une certaine distance de la grille du Potager du roi.

En ce moment, il aperçut une ombre noire, d'abord hésitante, qui franchissait ensuite le seuil de cette grille assez résolûment.

— Parbleu, c'est elle!... fit-il en s'arrêtant.

La grille grinça faiblement sur ses gonds et se referma sur cette ombre.

— Nous voilà duchesse! se dit le chevalier avec satisfaction.

Mais, à sa profonde stupéfaction, il vit passer devant lui, l'effleurant presque de ses vêtements de soie, une nouvelle ombre, presque identique à la première, et qui, sans faire attention à lui, courut vers la grille du Potager où elle arriva au moment où huit heures sonnaient à la cathédrale.

Une exclamation sourde, où se traduisait le

plus affreux désappointement, s'échappa de la poitrine de cette femme, et elle essaya d'ébranler les solides barreaux de la grille : mais le pêne joua faiblement dans sa gâche de fer et rendit un de ces petits gémissements implacables contre lesquels il n'y a pas à essayer de lutter, surtout pour les faibles mains d'une femme.

Elle restait là cependant, son front brûlant appuyé contre les barreaux glacés, lorsqu'elle se sentit tirer par le bras. Elle tressaillit, et en reconnaissant Rancrolles elle se jeta sur son sein en pleurant à sanglots.

— Tu es arrivée trop tard, ma belle, tu n'as vraiment pas de bonheur!... Encore une fois, c'est une autre qui a pris ta place.

— Que voulez-vous dire? s'écria Diane en se redressant comme si elle eût été mordue par un reptile.

— Console-toi, car ce qui t'arrive est un coup du ciel, — cela va sauver les apparences! Ton père est conseiller, je suis gouverneur, eh! nous avons le temps d'attendre et de faire encore une fois nos conditions.

— Rentrons à l'église, répliqua Diane sans répondre.

Cependant, comme ils allaient mettre le pied sur les marches, Rancrolles arrêta sa nièce.

— Ah! çà, comment diable se fait-il que tu sois arrivée en retard?

— Je ne sais pas, il s'est passé quelque chose de bien étrange... je venais de laisser entrer mon père et ma mère dans la nef, et j'avais tourné autour d'un pilier, sous prétexte d'aller joindre une jeune personne que je venais d'apercevoir, et je m'approchais du bénitier avant de quitter l'église, lorsqu'au moment de toucher l'eau, une main empressée s'avança vers la mienne. J'effleurai ses doigts du bout des miens, mais avant que j'eusse pu toucher mon front, ma vue se troubla, mes jambes chancelèrent, et je fus obligée de m'appuyer contre le pilier pour ne pas tomber.

— C'est étrange, en effet, dit Rancrolles en réfléchissant, — mais quelle était la personne qui...

— Je ne sais pas, continua Diane, combien de temps je suis restée là, mais quand je sortis de l'engourdissement où j'étais demeurée plongée, j'étais assise sur une chaise, à deux pas du bénitier. Je partis aussitôt, et je franchis d'un bond la distance... Trop tard!... j'étais d'une heure en retard!

— Ton émotion t'a perdue, conclut Rancrolles.

Ils entrèrent dans l'église, mais au moment où ils approchaient du bénitier, Diane se serra contre son oncle et voulut l'entraîner.

— Qu'y a-t-il donc? demanda Rancrolles.

— C'est lui! fit-elle, saisie d'effroi.

Et elle désigna un homme debout près du pilier et qui les regardait. Cet homme était vêtu d'un costume d'un homme du peuple italien, et ses cheveux crépus, sa longue barbe donnaient à son visage une certaine expression sinistre, augmentée par l'obscurité de la nef.

Cet homme, dans lequel le lecteur a déjà reconnu Paonèse, détourna la tête; mais le chevalier qui, sans doute, voulait voir par lui-même si, bien véritablement, c'était le contact de la main de cet étranger qui avait eu le don de plonger Diane dans un engourdissement inexplicable, s'avança vers le bénitier, et y plongeant l'extrémité de ses doigts, les présenta ensuite à l'Italien.

Celui-ci salua d'un sourire et échangea avec le chevalier cette politesse banale, disparue aujourd'hui presque complétement de nos habitudes. Rancrolles fit le signe de la croix avec la tranquillité d'un bon bourgeois; et Diane, qui n'avait pas quitté son bras, lui dit en l'entraînant, cette fois, sans peine :

— J'étais folle, c'était l'émotion... nous verrons demain.

Ils se dirigèrent doucement vers l'endroit de la nef où étaient le nouveau conseiller et son épouse : mais l'affluence était grande et le prédicateur ne devait pas être troublé. Si bien qu'ils restèrent à une dizaine de pas seulement du bénitier, plus préoccupés de leurs affaires que des paroles saintes débitées par le révérend père

Lorsque le sermon fut terminé, Diane retrouva ses parents qui, encore sous le coup de l'émotion de leur bonne fortune, ne songèrent seulement pas à s'informer d'où elle venait, et qui eussent été, très-certainement, fort embarrassés de dire sur quel sujet le sermon avait roulé.

En sortant de l'église, Diane, toujours au bras de son oncle, se sentit tout à coup arrêtée par une jeune femme qui se précipitait à son cou et l'embrassait à l'étouffer.

— Rose Picard! s'écria-t-elle.

— Oui, dit celle-ci, je suis à Versailles, pour affaires, avec maman.

Le chevalier comprit parfaitement dans quel but ces honnêtes personnes étaient venues; aussi se garda-t-il bien d'en parler; mais la petite Rose ne faisait mystère de rien, et les premiers compliments échangés, elle se tourna vers Rancrolles.

— Monsieur le chevalier, dit-elle avec vivacité, je ne veux pas que personne puisse avoir les vilaines idées que vous osiez dire hier; aussi, demain, j'assisterai au dîner de qui vous savez, et il faudra bien qu'il m'aperçoive et me permette de lui parler.

— Sottise! se contenta de répondre le chevalier en haussant les épaules.

— Rose, tu vas demeurer avec moi et tu me conteras tout cela, dit Diane, qui était loin de se douter de la vertu de son amie, et désirait en tirer force renseignements précieux.

— Mais, c'est que je suis avec maman à l'hôtel, — dit Rose en allant chercher sa mère restée un peu à l'écart.

— Eh bien! qu'importe, ta mère couchera dans la chambre de mon oncle, et toi avec moi.

— On me met à la porte! s'écria Rancrolles sans trop de mauvaise humeur, car, lui aussi, nourrissait un petit projet à l'égard de l'innocente échappée du Parc-aux-Cerfs.

M. et M^me de Romans souscrivirent aux volontés souveraines de leur fille, et tous se dirigèrent vers l'avenue de Saint-Cloud.

Paonèse, ou plutôt Saint-Germain les suivit de loin, s'applaudissant du succès de sa prévoyance, car on devine qu'il avait engourdi les sens de Diane au moyen de l'un de ces secrets de physique, alors dans l'inconnu et qui, aujourd'hui, sont à peu près obtenus au moyen de la *torpille*.

Il s'agissait pour lui de prolonger de quelques jours encore le règne d'Angiolina.

Mais, malgré sa prévoyance, malgré sa science, malgré la seconde vue, son esprit surexcité n'avait pu percevoir un de ces faits contre lesquels il eût été peut-être impuissant, — un de ces coups terribles où se manifeste l'étrange influence de l'aveugle fatalité.

## IV

### LA PLACE DE GRÈVE

Le 28 mars 1757 fut un jour sinistre pour la ville de Paris. La capitale fut témoin de l'expiation d'un crime dont les horribles raffinements du supplice ont singulièrement amoindri les proportions.

Damiens avait été condamné à subir le même supplice que Ravaillac.

Ainsi qu'il l'avait promis, aucune révélation n'était sortie de sa bouche de marbre; et le matin du 28, on lui lut son arrêt qu'il écouta à genoux, avec attention et sans qu'aucun signe de trouble se manifestât sur son pâle visage. Quand la lecture fut terminée, un sourire froid illumina ses traits et il se releva.

— La journée sera rude, dit-il.

En effet, elle devait présenter l'un des plus épouvantables spectacles qu'il ait été jamais donné à des peuples de contempler. La sentence portait qu'il serait, au préalable, appliqué à la question ordinaire et extraordinaire; et à ce sujet des mémoires volumineux avaient été écrits par des magistrats et des hommes de l'art sur la nature des tortures qui seraient appliquées au patient. Le zèle avait emporté quelques bonnes âmes ambitieuses au delà du possible; mais heureusement les chirurgiens de la cour décidèrent que, de tous les genres de torture, le moins susceptible de compromettre la vie du condamné était celui qu'on appelait *la question des Brodequins*.

Pendant son procès devant le parlement, Damiens aperçut, à quelques pas de la sellette où il se tenait assis, un moine dominicain dont les yeux ne le quittaient pas. Dans ce moine il reconnut le mystérieux visiteur de la tour de César; mais sa vue, au lieu de lui donner le courage qu'il en attendait, sembla réagir dans un sens tout opposé et lui souffler une pensée de haine et de destruction. Cependant, au moment où ses sourcils froncés attestaient les combats livrés dans cette âme, son avocat se pencha vers lui et, sous le prétexte parfaitement admis des juges et des gardes, de lui communiquer une pièce du procès, mit sous ses yeux une feuille de papier, marquée en tête du signe fiscal, et couverte d'écriture.

Damiens y porta les yeux machinalement et, en reconnaissant les termes barbares de la justice, allait les en détourner, lorsqu'après avoir parcouru les premières lignes, sa vue se troubla.

C'est qu'après ces lignes, commençait une lettre à lui adressée, et que dans l'écriture de cette lettre il avait reconnu celle de sa fille Louise. Il dévora ces lignes chéries d'un œil stoïque, sut retenir une grosse larme qui roula sous sa paupière rougie, et regardant ensuite le moine dominicain, inclina doucement la tête et releva ensuite le front avec force, comme s'il voulait dire : — Je serai fort.

Et il tint parole, car sa bouche ne se desserra pas plus pendant le procès que pendant l'instruction. Après la lecture de l'arrêt, il fut donc appliqué à la torture et la subit avec fermeté; puis, quand il eut repris ses sens, et qu'on lui eut administré quelques cordiaux pour le ranimer, on le plaça sur une charrette et le sinistre cortége s'achemina de la Conciergerie à la place de Grève.

Comme, depuis Ravaillac, nul supplice n'avait offert de si effroyables complications que celui auquel était condamné Damiens, un nombre immense de curieux était accouru de toutes les parties de la ville. Les fenêtres ouvrant sur la place avaient été retenues par les amateurs et une dame de la cour, dont les mémoires du temps ont eu le grand tort de ne pas nous transmettre le nom, loua douze louis une croisée pour *jouir*, disait-elle, de cet affreux spectacle : elle avait même poussé le désir de signaler ainsi son attachement au roi, en attachant à cette action une idée plus que galante et que nous n'oserions transcrire ici.

De plus de cent lieues à la ronde, messieurs les bourreaux en exercice et leurs aimables aides s'étaient fait un devoir d'assister à cette fête, dans l'intérêt de leur instruction d'abord, et ensuite mus par la curiosité, bien excusable chez de tels artites, de voir travailler *Monsieur de Paris*. Ces messieurs eurent naturellement les places d'honneur et furent admis à faire cercle autour de l'échafaud.

Il était cinq heures du soir lorsque Damiens fut placé sur l'échafaud, élevé de cinq pieds au-dessus de terre et large de huit à neuf. Le bourreau le déshabilla, puis, pendant qu'on l'assujettissait sur l'estrade au moyen de cordes et de chaînes de fer passées à la naissance de ses bras et de ses cuisses, le malheureux regarda ses membres que la torture venait de meurtrir, une heure auparavant, et auxquels étaient réservées de plus cruelles souffrances.

Les bourreaux, gens habitués à juger un homme placé dans cette terrible position, se firent part de leurs impressions : plus d'un baissa les yeux lorsqu'il vit Damiens considérer ses membres avec calme et reporter ensuite son regard ferme sur la foule immense qui se pressait autour de l'échafaud, contenue à grand'peine par les soldats de la maréchaussée et les gardes de la prévôté.

M. de Paris commença par poser la main droite du patient, armée d'un couteau, sur un vase rempli de soufre auquel on mit le feu. Au moment où la flamme atteignait sa chair la douleur lui arracha un cri terrible; mais ce fut tout, — et même une espèce de sourire se dessina sur les lèvres blêmes du régicide...

C'est qu'il venait de voir apparaître un homme à la fenêtre du premier étage de la maison formant l'angle de la rue du Mouton. Cet homme était le magistrat de la tour de César, le moine de l'audience, et sur ses traits Damiens put lire, malgré l'éloignement, — et la commisération à ses souffrances et la confirmation des promesses faites par ce génie tutélaire.

Pendant ce temps, sa main brûlait toujours et bientôt, au milieu des flammes bleues du soufre, on aperçut un tronc noir et informe qui faisait horreur.

— Voilà un coquin bien dur! se dirent les bourreaux amateurs en se regardant entre eux.

Au moment où M. de Paris allait passer à un autre genre de supplice, un grand branle-bas s'éleva dans la foule, mêlé aux murmures et aux imprécations : c'était un homme, vêtu avec une grande élégance, élégance pour le moment fort compromise par les accrocs et le désordre de sa lutte, — c'était un gentilhomme qui, à force de jouer des genoux, des coudes et des épaules, était parvenu à se glisser aux premiers rangs des spectateurs; mais, ce résultat obtenu, son ardente curiosité n'était sans doute pas encore satisfaite, car il franchit résolûment la haie de soldats et se mêla sans vergogne aux personnages qui entouraient l'estrade.

Ceux-ci murmurèrent et voulurent repousser l'intrus; mais M. de Paris, qui n'avait rien perdu de la scène, suspendit sa besogne pour s'adresser à ses aimables collègues avec la plus exquise bienveillance.

— Messieurs, dit-il, place à M. de la Condamine, c'est aussi un amateur.

Les bourreaux de province, s'imaginant avoir affaire à un riche confrère, peut-être à M. de Londres, lui adressèrent les plus vives félicitations sur le bonheur qu'il avait eu de pouvoir arriver jusque-là

Or, M. de la Condamine était tout simplement un savant et un poëte que l'amour de la science et, plus que cela encore, une curiosité insatiable, avaient poussé. Lui aussi crut être entouré de confrères, et tous échangèrent, à dater de cet instant, les plus lumineuses observations sur les effets de la souffrance sur le corps humain : seulement, le savant ne put s'empêcher de remarquer *in petto* que ces prétendus confrères paraissaient bien forts sur la pratique, mais fort ignares sur la théorie.

Le bourreau avait commencé le tenaillement. Armé d'une pince, il saisissait les chairs du patient, aux bras, aux mamelles, aux cuisses et en arrachait des lambeaux. Chaque fois que la mâchoire de fer ouvrait une blessure nouvelle, Damiens jetait dans l'air un cri, un seul, — et en regardant ensuite la fenêtre où était l'homme inconnu, il voyait, à travers ses larmes, son vieux père, sa femme, ses filles, ses frères, sauvés et naviguant vers une terre lointaine.

Le bourreau jeta alors la tenaille ensanglantée et se mit avec une précision infernale à verser, dans chaque plaie ouverte, l'huile bouillante, la résine, la cire, le soufre brûlant, le plomb fondu... — et Damiens, haletant et suant son agonie, revoyait le navire, portant les êtres chers à son cœur, aborder au rivage choisi, se prendre par la main et chercher où reposer leurs têtes proscrites, mais désormais à l'abri du besoin.

On avait vu cent fois des malheureux succomber à de si épouvantables tortures et chacun se demandait comment celui-ci pourrait supporter la fin du supplice, — car ceux que nous venons de voir n'étaient que les préliminaires.

Cette fois les amateurs, bourreaux et gentilshommes, furent obligés de reculer : il était nécessaire que le cercle s'agrandît.

Quatre chevaux vigoureux furent amenés, harnachés comme pour tirer une voiture, et à cette pièce de bois, placée en arbalète, que chacun avait derrière sa croupe furent accrochées quatre cordes. Chacune des extrémités de ces cordes était solidement attachée, deux aux bras et deux aux jambes du patient, dont le corps était solidement assujetti sur l'estrade.

C'était le tour de l'écartellement.

A ce moment un commissaire, assisté d'un greffier, s'approcha de lui.

— Voulez-vous avouer quelque chose? lui demanda-t-il d'une voix qu'il essaya de rendre compatissante et douce.

Damiens ne répondit pas.

— Allez! commanda le commissaire en se retirant avec vivacité et plus pâle que celui qu'il venait d'essayer d'interroger.

Quatre hommes fouettèrent les chevaux, et ceux-ci se mirent à bondir sous les coups, allongeant outre mesure les quatre membres auxquels ils étaient attelés; mais il arriva alors un fait inattendu qui répandit sur toute cette foule fiévreuse et ardente de curiosité un effroi indicible : trois fois les chevaux s'élancèrent, et trois fois, en rétractant ses muscles, Damiens ramena à reculons vers lui ces quatre chevaux dont la vigueur entraînait d'ordinaire des charges énormes, et ses hurlements mêlés aux coups de fouet, aux imprécations des aides excitant les chevaux, aux éclats des fers broyant le pavé et en faisant jaillir des milliers d'étincelles, aux murmures étouffés de la foule, tout cela produisait une de ces effroyables rumeurs qui doivent certainement monter jusqu'à Dieu, et le forcer de jeter sur l'humanité un regard chargé de colère et de mépris.

L'écartellement ne se produisait pas, les muscles s'étendaient toujours, et comme le jour commençait à baisser et menaçait de plonger la fin de cet odieux spectacle dans l'obscurité, les commissaires ordonnèrent au bourreau de couper les muscles principaux. Celui-ci obéit à coups de hache, et trois des chevaux, lancés en avant avec force et furie, tombèrent sur la foule, emportant un bras et les deux jambes.

Damiens respirait encore... Ses yeux pleuraient du sang et sa bouche contractée semblait lancer contre la barbarie des hommes une épouvantable malédiction, — lorsqu'un nouvel effort du dernier cheval tendit les traits et le dernier bras fut emporté, laissant une ouverture énorme et béante par laquelle les plus curieux purent voir le dernier battement du cœur de cet homme de fer.

On voit qu'en effet, ainsi qu'il l'avait prévu le matin, la journée avait été rude.

Les restes inanimés de ce malheureux furent aussitôt jetés sur un petit bûcher, dressé à quelque distance de l'échafaud, et il faisait tout à fait nuit quand ils furent consumés et les cendres jetées au vent et à la Seine.

Une fois que M. de la Condamine eut satisfait sa curiosité, il chercha des yeux ses prétendus confrères et les vit tous échangeant des poignées de main avec M. de Paris, encore tout couvert de sang. On lui apprit quels étaient ces amateurs, et il s'enfuit au plus vite.

Il tomba, au bout de la place, presqu'à l'angle du quai, sur un groupe de gentilshommes sortant d'une maison, des fenêtres de laquelle ils avaient assisté à l'exécution ; et tandis que des hommes du peuple huaient la dame qui se tenait au milieu d'eux, car ils l'avaient vue au balcon, suivant tous les détails de ces horreurs, — le savant s'approcha d'un autre groupe où plusieurs bourgeois témoignaient leur indignation.

M. de la Condamine, qui connaissait l'un 'eux, lui en demanda la cause.

— Eh! je suis indigné, répondit le bour-eois, que par l'atrocité froide et prolongée de es tourments on m'ait forcé d'avoir pitié de ce isérable!

— Et il est mort, emportant son secret, omme Ravaillac, dirent quelques-uns.

— Ce qui fait qu'on accusera tout le monde le complicité avec lui : les jansénistes, les par-ements, les jésuites, l'archevêque de Paris, le lauphin lui-même.

— Ah! si le dauphin régnait, dit quelqu'un, on n'essayerait pas de le tuer celui-là.

Chacun se regarda, épouvanté de cette auda-cieuse parole.

— Messieurs, conclut la Condamine, ce gail-lard-là était bâti d'une façon extraordinaire, et son caractère eût été honoré dans l'antiquité. Dirigez-moi une de ces natures vers le bien, ou vers les choses que nos préjugés admirent, comme la politique ou la guerre, il n'en faut pas davantage pour faire un grand homme.

Cependant il se passait, à l'autre extrémité de la place, un fait plus intéressant pour le lecteur.

Parmi les troupes qui, en sus des gardes de la prévôté et de la maréchaussée, avaient été massées dans les rues adjacentes, en vue d'empêcher tout tumulte populaire, se tenait une compagnie du régiment de Royal-Cravates. L'un des officiers, forcé d'avancer sur la place de Grève, ne voulait pas cependant perdre sa part de l'horrible fête à laquelle s'était convié tant de monde et avait fait tourner la croupe de son cheval vers la place. Son visage était pâle, son attitude souffrante, et plus d'une fois ses camarades lui avaient dit, dès le matin, qu'il n'eût point dû reprendre encore son service; car depuis la veille seulement il avait reparu au corps, sollicitant, comme une faveur, d'être commandé le plus possible, et son colonel, qui devina, sous cette insistance, un violent désir de distraction ou d'oubli, avait consenti.

Cet officier n'était autre qu'Henri de Moléon. Afin de soustraire son esprit aux horribles préoccupations de la foule qui se pressait contre les flancs de son cheval, il s'était mis à examiner d'un air indifférent les visages des diverses personnes qui se tenaient aux fenêtres; mais bientôt toute son attention dut se concentrer sur un seul point, sur une seule maison, sur une seule fenêtre, sur un seul homme.

— C'est lui! murmura-t-il.

Et il attendit avec impatience la fin du supplice, il s'indigna, lui aussi, de la lenteur de cet effroyable drame; et quand il vit que l'écartellement allait commencer, il quitta son poste, rentra dans les rangs de ses soldats, confia son cheval à l'un d'eux, le commandement à un sous-lieutenant, et vint se placer sur le seuil de la porte de la maison faisant l'angle de la rue du Mouton.

L'écartellement dura cinquante minutes, — mais l'incinération des membres était presque terminée, la foule était déjà écoulée en grande partie, l'obscurité commençait à devenir intense, et l'homme aperçu à la fenêtre ne descendait pas. Henri pensa un moment que la maison pouvait avoir deux portes; mais il s'informa sur ce point et se remit à attendre avec patience.

Enfin il entendit dans les profondeurs de l'escalier une porte s'ouvrir et se fermer; puis le pas grave d'un homme descendant les marches de pierre.

Henri se plaça en travers de la porte, et quand l'homme approcha, il croisa les bras.

— Monsieur le comte, dit-il, je vous attendais.

— Ah!... fit Saint-Germain qui le reconnut à la voix, plutôt qu'au visage. Vous voulez me parler, monsieur, eh bien! alors, si vous le préférez, gagnons un endroit écarté.

— Soit, répondit Henri qui se mit à marcher à ses côtés.

Ils arrivèrent ainsi sur la berge de la Seine, et au milieu de la nuit, éclairés seulement par la lune, les eaux jaunes de la rivière clapotant à leurs pieds, ils s'arrêtèrent à quelque distance d'un pont.

— Monsieur, dit Henri, je vous ai cherché hier toute la journée, — vous devez deviner dans quel but?

— A peu près, répondit Saint-Germain.

— Monsieur, je suis resté pendant un mois cloué sur un lit, à la suite de la blessure que vous m'avez faite, quoique cependant, quand j'y songe, je ne puisse me rappeler aucune circonstance de notre combat; mais ce jour-là j'avais la tête perdue... Monsieur, ce que je venais vous demander ce jour-là, je vous le demande encore aujourd'hui.

— Eh! quoi, fit Saint-Germain, est-ce que la fièvre ne vous aurait pas quitté, mon cher monsieur?

— Monsieur, je suis calme, et je vous préviens que si nous nous retrouvons encore une fois l'épée à la main, en face l'un de l'autre, j'aurai assez de sang-froid pour mieux diriger mes coups.

— Alors, vous me permettez de m'étonner de vous voir persister dans une ancienne erreur.

— Vous êtes un grand magicien, dit-on, monsieur, mais, comme vous l'avez dit vous-même, je suis un philosophe et je sais expliquer bien des choses qui sont tout simplement du domaine de la science. Cependant les yeux de mon corps ont vu Mlle de Néris chez vous, j'en suis bien certain.

— Non, monsieur, c'étaient les yeux de votre imagination, dirigés par ma volonté, — comme je puis le faire encore en cet instant, si cela me plaît, — et la preuve, c'est qu'en sortant de chez moi vous avez couru à l'hôtel de Néris et vous y avez vu... celle que vous désiriez voir.

— C'est vrai, et tant que j'ai été malade, elle m'est apparue chaque jour; mais dès que je me suis levé de ce lit où la fièvre me tenait brisé, elle a disparu.

— Jeanne a disparu! fit Saint-Germain avec incrédulité... Ah! je comprends, reprit-il aussitôt, et d'un air tranquille.

— Non, monsieur, vous ne comprenez pas, — car je crois saisir votre pensée, malgré vous-même, vous croyez que sa mère, pour m'éloigner d'elle, veut me la cacher...

— Sa mère ne pense, à présent, qu'à vous la faire épouser! fit le comte avec impatience, — mais je suis là... acheva-t-il entre ses dents.

— Monsieur le comte, je vous dis que Jeanne a disparu de l'hôtel de Néris, — sa mère elle-même la cherche et la fait chercher, — et je vous somme de me dire où elle est!

Saint-Germain fut frappé cette fois de l'énergique affirmation du jeune homme et lui prit la main. Celui-ci qui le comprit, et qui, du reste, était calme et parfaitement décidé à ne rien compromettre par ses vivacités, se laissa tâter le pouls.

— Dirait-il vrai!... murmura le comte en fronçant les sourcils.

Alors, sans quitter le poignet d'Henri qu'il serra fortement, il prit une attitude de commandement, ses yeux se fixèrent dans l'espace, et désignant les eaux de la rivière dont la surface était argentée par les reflets de la lune, il dit d'une voix impérative :

— Voyez avec moi!

M. de Moléon dirigea ses yeux vers le milieu du fleuve, à l'endroit indiqué par le comte, et dans ce miroir mouvant, ses yeux, les yeux de son corps, car en même temps il reconnaissait parfaitement les maisons situées sur l'autre rive, et les hautes tours de Notre-Dame qui les dominaient, — ses yeux distinguèrent le jardin bien connu de l'hôtel de Néris.

Les premiers jours du printemps avaient ramené leurs feuilles sur les arbres et sous l'allée sombre des tilleuls une forme blanche apparaissait, marchant doucement et semblant rêver. Il n'y avait pas à en douter, c'était une jeune fille, et quand cette jeune fille, quittant l'ombre des grands arbres, entra dans le cercle éclairé par la lune, Henri ne put la méconnaître.

— Jeanne! dit-il en faisant un pas vers la rivière, comme s'il voulait se précipiter.

— Vous voyez bien qu'elle est chez elle! dit le comte en le retenant

Henri regarda le comte avec ravissement, puis il voulut reporter ses yeux vers la vision... mais toute image avait disparu, et la Seine roulait tranquillement ses flots jaunâtres vers l'Océan.

Mais Henri réfléchit quelques secondes et retira sa main de celle de Saint-Germain, il reprit avec violence :

— Vous me trompez! car vous savez bien...

Et il s'arrêta, — mais le comte avait lu dans sa pensée.

— O ciel! s'écria-t-il, Mme de Néris n'habiterait plus son hôtel.

— Depuis hier matin, — il a été acheté, avec tout le mobilier, et payé, argent comptant, au triple de sa valeur, par un gentilhomme polonais, parent de la reine.

Ce fut au tour de Saint-Germain de tressaillir.... Il porta sa main à ses yeux, essuya son front chargé de nuages sombres, — puis fixant son regard dans le ciel, un regard ardemment avide, il appela la lumière.

Il revit Jeanne, non plus dans le jardin, mais dans le salon de l'hôtel de Néris, — et il allait forcer Henri à contempler de nouveau ce calme et consolant spectacle, lorsque tout à coup ses sourcils se froncèrent, sa main chercha la garde de son épée et une horrible imprécation sortit de ses lèvres.

— Vous voyez?... lui demanda Henri qui avait déjà compris qu'il assistait à l'étonnante manifestation du don de seconde vue.

— Malheur! malheur! fit le comte en marchant vers le chemin qui remontait au quai.

— Vous me direz... s'écria Henri en le prenant à son tour par la main.

— Jamais! répondit Saint-Germain.

— Prenez garde, comte, que je ne me paye

plus, cette fois, de toutes vos paroles, et s'il faut que j'aie encore recours à la force!

— Laissez-moi, je ne me battrai pas avec vous!

— Comte, prenez garde, vous dis-je! car si je ne vous tue pas en loyal gentilhomme, je vous tue comme un assassin.

— Essayez! répliqua Saint-Germain en le mesurant du regard et en le forçant à reculer d'un pas.

— Comte, reprit Henri qui n'avait pas lâché sa main, si je ne vous assassine pas, je vous déshonore, car j'ai vu... oui j'ai vu, chez vous, le cadavre d'un enfant égorgé!

— Monsieur le comte, dit-il, je vous attendais... (Page 23.)

— Tu as vu!...

— Allons donc, l'épée à la main!

— Il faut en finir! murmura le comte en tirant son épée.

Mais en s'orientant, il vit, à dix pas, l'ombre noire de l'arche gigantesque d'un pont et cette vue glaça son âme, pourtant assez solidement trempée.

— C'est le pont au Change!... murmura-t-il.

— Ah!... c'est un avertissement!... ajouta-t-il en remettant son épée au fourreau.

— Eh bien! monsieur, qu'est-ce que cet honnête pont a donc eu en lui pour vous communiquer cette espèce de terreur?

— Monsieur, dit Saint-Germain en se rapprochant de lui, il y a dix-neuf ans, à cette même place, j'ai tué un homme qui avait voulu m'enlever une jeune fille que j'avais la folie d'aimer et qui ne m'aimait pas.

— Eh bien! il y a aujourd'hui cette différence, que vous serez tué par un homme qui veut vous enlever une jeune fille, qui vous aime, et qui n'aime pas votre rival.

— Eh! Jeanne vous aime, vous!

— Ceci est encore possible, monsieur, répliqua Henri, mais nous vivons à une si singulière époque qu'il n'est pas surprenant de voir de fort honnêtes personnes partager leur cœur entre plusieurs amours, — moi, je ne suis pas de mon époque, car je ne saurais souffrir cette monstruosité, — c'est pourquoi je veux vous tuer.

— Malheureux !...

— J'ai assez de mensonges, monsieur, j'ai vu Jeanne dans vos bras, elle est votre maîtresse !

— Henri, si je dis un mot, un seul mot...

— Eh bien ! monsieur, je l'attends, ce mot, et il y a longtemps, convenez-en!

— Jurez-moi que ce secret restera entre nous.

— Je ne jure rien, je me défie de vous, et pour vous le prouver, et pour vous forcer à reprendre enfin cette épée que, décidément, vous êtes indigne de porter, je veux...

Et le jeune homme, bondissant de froide colère et de sauvage impatience, leva la main sur le comte... mais celui-ci arrêta cette main au passage et la broya comme celle d'un enfant.

— Malheureux!... dit-il, je suis son père!

— Vous!...

— Jeanne est ma fille.

— Oh! pardon !... fit Henri qui ploya le genou devant lui et sentit tout son cœur se fondre.

— Jure-moi que, jusqu'à ce que je te relève de ce serment, personne ne connaîtra ce secret.

— Je le jure.

— Eh bien ! apprends qu'en ce moment Jeanne est exposée au plus grand danger qui puisse atteindre une femme au cœur pur, à l'âme loyale !... je viens de le voir...

— O ciel !

— Peut-être aurais-je besoin de toi pour la sauver !... me promets-tu d'obéir ?

— Ordonnez, comte, ma vie est à elle tout entière, — elle est à vous aussi, prenez-la!

— C'est bien, si tu ne redoutes pas la mort, elle sera sauvée, d'abord, — et ensuite, il s'agira de la venger, — viens.

— Où allons-nous?

— A Versailles.

Quelques minutes après, tous deux montaient dans la chaise de poste du comte, restée tout attelée au coin de la rue des Bourdonnais, laquelle partait à triple galop.

## V

### LA TRANSFIGURATION DU SULTAN DU PARC-AUX-CERFS

Pendant qu'on torturait et écartelait Damiens, le bon roi Louis XV, qui éprouvait le besoin de chercher des distractions et qui, dans ce moment, ne se sentait nullement en disposition de rechercher celles qui, d'ordinaire, triomphaient le mieux de ses ennuis, c'est-à-dire la chasse ou l'amour, — avait fait mander M. Berryer, le lieutenant de police; mais comme celui-ci se trouvait retenu à Paris pour l'exécution, le roi se contenta du portefeuille que lui envoya ce précieux fonctionnaire.

Il y avait toujours dans ce portefeuille, choses qu'affectionnait tout particulièrement le roi, un recueil si complet, si amusant, parfois si ordurier, et certainement toujours plus intéressant qu'un roman, de scandales et de révélations, que Louis XV l'ouvrit avec empressement, et dévora tous les papiers qu'il recélait.

Nous ne cesserons de le répéter, c'était une bien singulière époque que celle dont nous avons essayé de dépeindre un des travers, et l'on sentait bien, au désarroi qui gagnait toutes les classes élevées, que le mot de la Pompadour avait transpiré hors du boudoir : — Après nous le déluge!

Ce à quoi Louis XV avait ajouté fort charitablement : — c'est l'affaire de mon successeur.

En effet, son successeur y perdit la couronne d'abord et ensuite la tête.

Un des papiers du portefeuille de M. Berryer fit sourire le roi; mais c'était un sourire de mépris, car, après tout, il était assez chatouilleux sur le point d'honneur, et s'il trouvait son compte, comme Louis XIV, à l'abaissement de sa noblesse, il rougissait parfois pour elle.

Or, ce papier était un monument de bassesse et d'infamie, que, fort heureusement, les archives de la police nous ont conservé.

La noblesse de France reprochait assez vivement à Louis XV de prendre ses maîtresses un peu partout, dans la bourgeoisie, dans le peuple et même dans les lupanars; mais qu'on ne croie point que c'était par souci de la dignité du monarque et de la royauté qu'elle exprimait son mécontentement, — c'était de ce qu'il ne les choisissait pas, uniquenent, parmi les familles de la noblesse, et de priver ainsi cette noblesse qui avait gagné ses quartiers sur les champs de bataille, d'une prérogative qu'elle se croyait acquise de droit.

Le genre des recrues du Parc-aux-Cerfs n'était ignoré de personne, et ce harem toujours avide était couché en vue par toutes les ambitions collatérales ou ascendantes : aussi chaque jour voyait-on affluer les demandes. Oui, — honte et mépris! — des pères, des frères, des parents, — des mères! osèrent solliciter ce dégradant honneur.

Voici le monument, — c'est la lettre d'un chevalier de Saint-Louis, — et ce récit serait certainement incomplet si elle n'y trouvait sa place. Nous en demanderons donc absolution au lecteur, en le prévenant que nous n'avons pas le courage de la transcrire en entier.

La lettre est adressée à M. Berryer qui devint, plus tard, ministre de la marine, et garde des sceaux.

« Monseigneur, un père de famille, gentilhomme depuis deux cents ans, par anoblissement dans l'échevinage parisien, dont les ancêtres n'ont jamais dérogé, vient à vous animé d'un ardent amour de la personne sacrée du roi, afin de vous prévenir qu'il a le bonheur d'être père d'une fille, véritable miracle de beauté, de fraîcheur, de jeunesse et de santé; les certificats ci-joints. . . . . . . . .

. . . . . . . . . . . . . . . . .

« Serait-ce trop espérer, monseigneur, que de solliciter d'obtenir pour ma troisième fille, Anne Marie de Mar... âgée de quinze ans révolus, l'entrée de la bienheureuse maison où l'on forme celles de son sexe qui sont réservées à l'ardent amour de notre roi?

« Ah! monseigneur, quelle douce récompense une telle faveur serait pour mes trente-quatre ans de service en ma qualité de capitaine au régiment de M..., pour ceux de deux frères aînés de ma fille bien-aimée, l'un officier de marine, l'autre magistrat dans un conseil supérieur. Ma fille aînée a été élevée à Saint-Cyr, elle a épousé le sieur R..., gentilhomme ordinaire du roi, ma cadette est religieuse au couvent de... à P...

« Peut-être on objectera l'âge avancé de la jeune personne. Eh bien! malgré ses quinze ans, elle possède l'innocence baptismale. . .

. . . . . . . . . . . . . . . . .

« Elle a été élevée par une mère digne épouse, modèle de vertus, chaste, et qui a toujours travaillé à rendre sa fille apte à plaire à notre roi bien-aimé, qui trouvera en elle des trésors inestimables qui lui sont si bien dus.

« J'attendrai, monseigneur, avec une vive impatience, votre réponse; si elle est favorable elle répandra les bénédictions de Dieu sur une famille qui vous sera toujours aveuglément et passionnément dévouée.

« J'ai l'honneur d'être, avec respect, monseigneur, votre très-humble et très-obéissant serviteur.

« Ch. de Mar... »

Après cela quoi d'étonnant, c'était un vertige. Cette société pourrie s'en allait par lambeaux; et les grands philosophes, dont la haute parole illumina ce siècle, n'avaient plus qu'à la pousser du pied, pour qu'elle roulât dans l'abîme si insoucieusement creusé par elle. Il fallait certainement un cataclysme effrayant pour laver toutes ces hontes, pour effacer toutes ces taches, — seulement ce ne fut pas un déluge comme le croyait la Pompadour, ce fut une révolution. Ce ne furent pas les eaux du ciel et de la mer, — ce fut le sang des hommes et des rois.

Ce n'était pas sans raison que Saint-Germain avait tressailli en voyant ce qu'était devenue Jeanne.

Elle était enfermée au Parc-aux-Cerfs.

En se jetant volontairement dans la pièce d'eau des Suisses, étang fort dangereux, elle avait cru mourir; mais les affidés de Lebel avaient mis cet événement sur le compte d'un accident fortuit et dont l'obscurité était seule coupable... C'est pourquoi ils s'étaient empressés de la sauver, et de la transporter immédiatement dans la maison de la rue Saint-Louis où elle avait été soignée par Mme Bertrand et ses servantes, et bientôt elle s'était trouvée hors de danger.

Dès qu'elle eut repris ses sens, elle regretta de n'être pas morte, — et bien qu'elle fût rassurée sur le compte de sa mère à qui elle avait laissé une lettre où elle déclarait avoir cherché un refuge dans un couvent, — lettre préparée depuis huit jours, — elle ne fut plus préoccupée que de savoir où elle avait été transportée.

Le lendemain matin, en regardant par une fenêtre, elle reconnut aussitôt le jardin de l'hôtel de Néris, et ne fut pas surprise des allées et venues des gens de la maison. Elle savait que l'hôtel avait été acheté, à un prix considérable, à condition qu'il serait livré immédiatement.

Mais cela ne lui apprenait pas où elle était, — et sa surprise fut extrême, quand elle vit, une heure après, des maçons qui perçaient le mur mitoyen des deux jardins et y établissaient une porte de communication.

— Je suis chez ce fameux comte polonais dont ma mère et Mme de Pompadour parlaient parfois à voix basse, se dit-elle.

Jeanne se mit à réfléchir profondément, et commença par s'accuser de n'avoir pas eu recours à son père et de lui confier ses peines; mais son père n'avait plus reparu, et elle ne savait où le rejoindre.

— On me croit au couvent, se dit-elle, c'est comme si j'étais morte, — si j'essayais... oui, ce serait peut-être un moyen de ramener Henri... Voyons, j'irai à Paris, — je chercherai à vivre de mon travail, et quand je lui aurai bien prouvé... Ah! c'est impossible, — il faudrait revoir mon père... il me guiderait, — et puis, il me garderait cachée chez lui... Tous deux nous aviserions...

Ses réflexions et ses perplexités l'empêchèrent de remarquer les assiduités des personnes de cette maison inconnue, — et elle se disait qu'après tout elle avait toujours le temps d'en sortir. On voit qu'elle n'avait plus envie de mourir, — et qu'elle se décidait à lutter avec Henri, même par ruse, car elle se dit avec une certaine assurance coquette, en se regardant dans une glace :

— Voyons quel homme est ce comte polonais...

Elle sonna et demanda de lui être conduite, afin de le remercier de l'hospitalité qu'elle recevait chez lui; mais il lui fut répondu que le comte ne rentrerait que le soir.

— J'attendrai son retour, dit-elle, car je ne veux point quitter cette maison sans lui témoigner ma reconnaissance.

Le lecteur conviendra que l'ingratitude de M. de Moléon changeait terriblement les idées et le caractère de cette jeune fille, jusque-là si réservée; mais elle n'avait jamais été, véritablement, qu'une eau dormante, et par son père et par sa mère elle pouvait certainement revendiquer un peu de hardiesse d'esprit. Sa lutte contre le marquis et contre la faible Mme de Néris avait du reste singulièrement tourné ses idées au romanesque. C'était toute une transformation causée par l'amour le plus vif et en même temps le plus pur qui eût jamais fait battre un cœur de jeune fille.

Angiolina occupait la moitié de l'hôtel, — et Jeanne avait été transportée dans l'appartement occupé précédemment par Rose, — c'est dire que ses yeux étaient agréablement occupés par l'élégance de l'ameublement; mais la vue des peintures, leur légèreté, la licence qui avait présidé à leur composition, lui disaient que le comte polonais serait peut-être, entre ses mains, le moyen docile de reconquérir le cœur d'Henri.

— Il m'accuse sans raison d'en aimer un autre, — que fera-t-il lorsque les apparences... J'ai entendu Mme de Pompadour vanter à ma mère cette tactique... mais cependant, il paraît qu'elle ne réussit pas avec tous les hommes!... Bah! pourvu qu'elle réussisse avec Henri.

La pauvre enfant s'apprêtait donc à jouer avec le feu.

Elle dîna de bon appétit, et quand le soir approcha, elle recommanda à la suivante de la conduire au comte, dès qu'il rentrerait.

M. le comte viendra saluer mademoiselle, répondit la suivante en s'inclinant et en regardant en dessous cette jeune fille si belle et si candide, et dont cependant toute la personne respirait une dignité, un instinct de grandeur qui en imposait.

Lorsque Louis XV arriva par le souterrain, tout empressé, comme toujours, de revoir l'Italienne, il trouva dans la salle inférieure Mme Bertrand qui lui annonça, de la part de M. Lebel, que la jeune fille du bal de l'Opéra était dans l'appartement contigu à celui de la princesse.

La nouveauté l'emporta, ce soir-là, sur les séductions sans cesse renaissantes de la magnifique Angiolina.

Mais il se rappelait trop les mécomptes trouvés auprès de Rose, qui avait été substituée par erreur à Mlle Diane de Romans, pour ne pas désirer, cette fois, s'assurer qu'une autre n'aurait pas pris encore la place de cette insaisissable beauté.

C'était jouer de malheur, certainement; et quand il eut démasqué un petit judas qui de la salle à manger donnait dans la chambre à coucher où se trouvait sa nouvelle conquête, il poussa une exclamation fort vive de désappointement et de colère.

Heureusement, personne ne se trouvait là.

— C'est trop fort! dit-il. Il y a donc un démon acharné à éloigner de moi sans cesse cette adorable enfant!...

Mais l'attrait du fruit nouveau avait de si grands charmes pour ce monarque libertin qu'au lieu de se retirer et de passer chez l'Italienne, il se dit que peut-être celle-ci était aussi jolie qu'une autre : et afin de vérifier l'exactitude de cette pensée consolante il releva le rideau qui couvrait le judas.

— Oh! mais c'est une merveille! s'écria-t-il, — elle est presque aussi belle qu'Angiolina, — plus peut-être.

Et, encore une fois, il renonça pour l'instant au domino rose de l'Opéra : du reste, il savait fort bien où le retrouver, à présent qu'il était connu. Il entra.

Jeanne se leva à son approche et le salua avec une dignité si parfaite et en même temps si aisée que le roi ne put faire autrement que de rendre le salut, comme s'il eût été un simple gentilhomme et que la jeune fille qui était devant lui eût été une des plus grandes dames du royaume.

— Madame... fit-il, tout interdit par la noble assurance qui brillait dans les yeux de Jeanne, — je venais... je suis venu...

— Monsieur le comte, dit Jeanne avec simplicité, — je n'ai pas voulu quitter cette maison sans vous remercier vivement des soins que vos gens m'ont prodigués.

— Ils n'ont fait, madame... et Louis XV, pourtant fort peu timide de son naturel, s'arrêta en se gourmandant très-violemment, dans son intérieur, de se trouver aussi peu éloquent.

— Ils vous ont raconté sans doute, monsieur, dans quelle circonstance fatale et terrible ils ont fait ma rencontre; mais je vous promets que cette aventure m'a corrigée et que cela ne m'arrivera plus.

— Mais... fit le roi qui ne comprenait pas du tout de quoi il s'agissait.

— Veuillez vous asseoir, monsieur, dit Jeanne avec grâce, et comme si elle eût fait les honneurs du salon de sa mère.

Louis XV obéit, déjà charmé par la beauté, tout autant que par les manières distinguées de cette jeune fille qui, de plus, empruntait encore à ses yeux un charme tout particulier du mystère qui semblait l'entourer.

— Si j'ai voulu mourir, monsieur, reprit Jeanne, c'est que j'avais des raisons graves pour ne pas regretter la vie, et maintenant que je vous déclare n'avoir plus le désir de recommencer, vous me permettez de me retirer...

— Pardieu, madame, fit le roi en s'oubliant. — Ah! pardonnez...

— Achevez, monsieur, dit Jeanne en souriant.

— Eh bien! je vous avoue que je ne comprends rien à ce que vous dites, on ne m'a point prévenu.

— Ah! fit Jeanne qui regretta ses paroles, mais qui prit rapidement le parti d'être franche avec un homme doué de la plus heureuse physionomie du monde.

Alors elle raconta son désespoir d'être soupçonnée injustement par l'homme qu'elle devait épouser, sa résolution, le hasard qui lui avait fait trouver la grille du Potager ouverte et son réveil dans cette maison.

— Pauvre enfant, fit le roi qui s'était attendri à ce récit touchant, je vous servirai, moi, et vous serez heureuse!

— Non! dit tristement Jeanne.

— Et pour que je puisse le faire efficacement, vous aurez pleine confiance en moi qui veux être votre ami; — pour commencer, vous me direz quelle est votre famille.

— Oh! non, non!... fit Jeanne.

— Mais votre nom?

— Je me nomme Henriette, répondit-elle en rougissant de ce mensonge qu'elle crut nécessaire à la réussite de son projet, — ne m'en demandez pas plus.

— Je vois, mademoiselle, que vous êtes noble et que la fatalité vous a poussée à des extrémités dont vos parents sont seuls coupables, cependant j'aurais voulu vous être utile en quelque chose...

— Monsieur, je ne sais qui vous êtes, mais vous m'inspirez une confiance extrême, je veux bien vous accepter pour ami; mais prenez garde, je pourrais peut-être vous embarrasser fort si je vous disais ce que j'attends du dévouement que vous daignez si généreusement m'offrir.

— Ne daignez rien, exigez l'impossible, dit le roi qui s'intéressait à cette jeune fille beaucoup plus et plus sérieusement qu'il ne le pensait.

— Eh bien! vous me permettrez de vivre ici pendant quelques jours, cachée à tous, car je désire qu'on croie bien à ma mort.

— La maison vous appartient! fit le roi avec effusion car il s'arrangeait à merveille de cette fantaisie dont il espérait profiter à la fin.

— Merci, monsieur le comte, fit Jeanne en lui prenant la main et la serrant avec la vivacité de sa reconnaissance et en se levant.

Le roi se leva également, il ne savait pas trop ce qu'il faisait; mais cette étrange jeune fille le maîtrisait et il se sentait un homme ordinaire devant elle.

— Monsieur le comte, j'aurai l'honneur de vous revoir demain, n'est-ce pas?

— Oui, mademoiselle, répondit le roi en saluant avec grâce, mais en se sentant glacé par la plus complète timidité qu'il eût éprouvée dans toute sa vie.

Et il se retira tout naturellement, sans songer que ce départ était indigne d'un séducteur et d'un sultan, — et pour rien au monde il n'eût osé proposer à cette noble jeune fille de souper avec lui, — il n'y songea même pas.

Après avoir recommandé qu'on eût les plus grands égards pour Mme Henriette, il rentra au château, tout préoccupé, assista au jeu de la reine et se coucha ensuite tout bourgeoisement.

Chose étrange, ce soir-là il n'avait pensé ni à Angiolina ni à la Pompadour.

Le lendemain, nous avons vu que pour essayer de détourner son esprit de la terrible exécution qui avait lieu à Paris, il avait eu recours aux commérages de M. le lieutenant de police; mais huit heures était près de sonner, et se sentant appétit, car c'était l'heure du souper, il se demanda s'il ne ferait pas bien d'aller demander à souper à cette charmante Henriette qui, depuis la veille, occupait son esprit d'une manière si absolue.

Il s'y était décidé, quoique la chose lui parût un peu cavalière, lorsqu'on lui annonça le comte de Saint-Germain. Bien que vivement contrarié, mais satisfait de ne point céder à une passion menaçant de s'emparer tyranniquement de son âme, il donna l'ordre d'introduire le visiteur.

Saint-Germain avait de bons chevaux. Il n'avait pas mis plus d'une heure pour franchir les quatre lieues et demie qui séparent la rue des Bourdonnais du château de Versailles.

Dès qu'il vit le roi, dès que la pensée du monarque eut lui dans la sienne, il demeura interdit : sans avoir encore le temps de s'y arrêter et d'analyser, il s'apercevait déjà qu'un immense changement venait d'avoir lieu dans cette tête et dans ce cœur qui, pour lui, philosophe et savant, n'étaient pas pétris d'un autre limon que celui du reste de l'humanité.

Ce rapide coup d'œil suffit à le tranquilliser; mais il n'avait pas en ce moment l'esprit aux combinaisons politiques, et il se repentit presque d'être venu, lorsque le roi le tira d'embarras par la première parole qu'il prononça.

— Cher comte, dit-il avec mansuétude, ma foi, vous arrivez bien, ma parole d'honneur! car non-seulement vous êtes un grand médecin, mais encore un profond théoricien.

— En quoi puis-je mettre au service de Sa Majesté les quelques notions que m'ont données l'étude et l'expérience?

— A m'expliquer des choses que, vous autres philosophes, vous appelez, je crois, de la psychologie.

— Sire, je vois en effet l'esprit de Votre Majesté fort dévié de sa route ordinaire.

— Hein! fit le roi, non sans un certain effroi, — que voulez-vous dire, comte?

— Sire, je craindrais de me tromper, c'est pourquoi je vous supplie de vouloir bien parler d'abord.

— C'est que je vais vous parlez comme je ne parlerais pas à mon confesseur.

— Sire, il est des choses que les confesseurs, même les plus intelligents, ne savent pas comprendre et admettent difficilement. Il en est qui, trop dominés par des intérêts grossiers et terrestres, s'épouvantent de tendances modestes, et vont jusqu'à blâmer des sentiments qu'ils ne comprennent pas, qu'ils ne peuvent pas comprendre, — eux que leur état condamne soit au célibat rigoureux et absolu, de corps ou de pensée, — soit au vice dans ce qu'il a de moins délicat.

— J'aime qu'on soit clair, comte.

— Eh bien! sire, votre confesseur vous pardonne le Parc-aux-Cerfs, et ne vous donnerait pas l'absolution d'un amour véritable.

— Comte, vous lisez dans ma pensée comme si elle était à jour. Et je suis heureux, en ce moment, mon cher Saint-Germain, de pouvoir me confier à vous. C'est vrai, je n'oserais parler à personne de ce qui me préoccupe, car dans cette cour, où le plaisir est la seule loi qui règne, je ne rencontre que visages insouciants, froids, frivoles, cœurs égoïstes, lâches ou morts... Saint-Germain, dites-le-moi, car vraiment je n'ose me le dire à moi-même, ce secret terrible.

— Sire, vous êtes amoureux... répondit le comte d'une voix grave et en fronçant le sourcil.

— Vous ne riez pas! à mon âge, il y a matière pourtant!... Louis XV amoureux!... c'est vrai, j'aime d'un amour jusqu'à ce jour inconnu à mon cœur... Et il a suffi d'un instant, comte, d'une étincelle, d'un je ne sais quoi qui me confond et me bouleverse!...

— Sire, prenez-y garde, à votre âge, on en meurt.

— Soit! s'écria l'égoïste monarque avec une voix de vingt ans, que je meure, pourvu qu'elle m'aime!... Écoutez, comte, c'est un mélange de respect et d'adoration, quelque chose enfin de terrestre et de divin qui m'étonne et me ravit... Il n'y a pas vingt-quatre heures, et il me semble qu'il y a des années... C'est au point que je fuis cette pensée..... elle me fait peur... Comte, il y a en elle une grâce... et dans mes souvenirs, je ne trouve aucune femme qui puisse lui être comparée...

— Il faut fuir devant le danger pendant qu'il en est temps encore.

— Non!... le danger n'existe que pour moi et c'est ce qui me charme... Comte, une chose étrange, en vérité, c'est que je fus interdit en sa présence presque comme un écolier, et cela dès la première minute où elle m'apparut.

— Et... elle?... demanda Saint-Germain avec une secrète terreur, car lorsqu'il s'agissait de lui-même ou des êtres les plus chers à son cœur, un obscur nuage se répandait toujours devant ses yeux.

— Je ne suis pour elle que le comte de Tanski. — C'est peut-être mon incognito qui m'ôte ma hardiesse; — ah! je crains bien, comte, que si elle vient à me connaître, mon titre ne l'effraye, car ce n'est pas une femme comme les autres!...

— Les plus fières duchesses, cependant... hasarda le comte fort mal à l'aise.

— Ah! elle n'a jamais connu l'air des cours... Elle aimerait peut-être Louis, mais elle aura peur de Louis XV... d'autant plus qu'il a une exécrable réputation! ajouta le roi avec un dépit comique.

— Sire, je vous le répète, il faut...

— Non, comte, sa vue est devenue une des conditions de mon existence, — mais je veux que vous lui parliez... Je vous conduirai près d'elle.

— Moi!... s'écria Saint-Germain bouleversé.

— Dans quelques jours, quand elle sera mieux habituée à moi, vous l'interrogerez, et si elle peut m'aimer, comme je vous en donne ma parole d'honneur, elle sera la première femme du royaume de France.

Et sur ces paroles, le roi se leva.

— A demain les affaires, comte. Décidément votre projet me sourit.

Louis XV soupa au château; mais aussitôt après il se dirigea vers le souterrain qui menait au Parc-aux-Cerfs.

— Amoureux!... ne cessait de répéter Saint-Germain dès qu'il se trouva seul... Rien à craindre pour l'instant, car il sera timide, il l'a dit, — et n'osera employer ni la violence ni la ruse... Et quant à Jeanne... oh! je suis sûr de Jeanne...

Il rejoignit Henri qui l'attendait dans le salon de l'Œil-de-Bœuf.

— Tout va bien, lui dit-il en lui serrant la main, — fiez-vous à moi.

Et ils se séparèrent; mais Saint-Germain restait soucieux.

— Amoureux!... Louis XV amoureux!... Qui sait!... ô destinée, c'est là peut-être qu'est le succès... Horreur!... Il faut...

Et lui aussi se dirigea vers le souterrain, — il tenait à assister secrètement à la nouvelle entrevue du roi et de Jeanne, et à s'assurer par ses yeux et ses oreilles, car il commençait à se défier de sa mystérieuse puissance.

En descendant l'escalier des Princes, Henri de Moléon se rencontra avec son père.

— Enfin te voilà, s'écria le marquis, je te cherchais depuis ce matin.

— Que me voulez-vous, mon père?

— Le duc de Santa-Cruz et sa fille sont arrivés, je te présente ce soir, et, dans trois jours, le contrat.

Henri sourit et suivit docilement son père, complétement dupe de cette apparente bonne volonté.

## VI

### L'AMOUR, L'AMBITION, LA JALOUSIE, L'AVARICE

Saint-Germain avait écouté la conversation du roi et de sa fille à travers une portière de soie ouvrant sur un cabinet et dont la servante Finette lui avait vendu le secret et l'accès moyennant le don d'un diamant de la grosseur de l'ongle de son pouce. Seulement il s'était réservé la faculté de s'y introduire chaque fois qu'il le jugerait à propos.

Il demeura assez satisfait de cette entrevue; mais, dès le lendemain, il ne put parvenir jusqu'au roi qui lui fit répondre qu'il était absolument nécessaire de ne pas manquer une chasse, organisée à Saint-Germain depuis quinze jours, et dont l'époque était sortie de sa mémoire.

Mais la chasse, qui devait durer trois jours, se trouva tout à coup contremandée, et le roi se contenta de chasser à Satory, — ce qui lui laissait sa soirée libre; de plus, le surlendemain, Saint-Germain crut s'apercevoir que

Louis XV évitait de le regarder, soit en traversant ses galeries, soit au jeu de la reine. C'est pourquoi, mis en éveil, et jugeant d'ailleurs que la simple prudence exigeait une solution prompte à cette intrigue naissante, il résolut d'assister le soir même à l'entretien de Jeanne et du roi.

Or le roi n'avait pas chassé à Satory, il s'était contenté d'y envoyer ses équipages : il rusait comme un page, et était venu passer une partie de la journée au Parc-aux-Cerfs : il s'était promené dans le grand jardin avec Jeanne, l'avait entretenue d'une foule de choses de la cour, de la reine, des filles du roi et de M^me^ de Pompadour. Seulement, à sa profonde stupéfaction, il lui apprit que la marquise était la maîtresse du roi, bien que, pour le moment, le roi fût occupé ailleurs. Jeanne ne revenait pas de sa surprise, et ne comprenait pas comment la baronne de Néris, si vertueuse, avait pu vivre en grande intimité avec une personne aussi décriée.

Cette ignorance où était Jeanne de toutes choses de cette nature enchantait le roi; si bien que le lendemain il vint encore passer avec elle trois bonnes heures, et lui demanda, en partant, la permission de revenir, le soir, lui présenter de nouveau ses hommages. Jeanne accorda.

Mais quand il fut parti elle resta songeuse, — elle était déjà effrayée de son œuvre, et hésitait à faire servir une homme aussi loyal et aussi charmant que le comte de Tanski à exciter la jalousie de M. de Moléon.

— Est-ce que le comte m'aimerait!... se disait-elle, — déjà!... Seigneur, Seigneur, éloignez de moi ce nouveau malheur, car lui, si noble et si bon, je ne pourrais l'aimer!...

Elle implorait son père, — ce père dont elle ignorait le véritable nom, et qui lui avait défendu de parler de lui, et ne savait que résoudre; car elle ne voulait plus mourir depuis qu'elle avait nourri l'espoir de ramener Henri, envers lequel elle se reprochait, bien bas, bien bas, de n'avoir point assez usé des petites coquetteries innées au cœur de la femme.

Elle appela Finette et l'interrogea.

— Parlez-moi du comte de Tanski, lui dit-elle, — il m'a dit être parent de la reine et fort riche, mais voilà tout.

— Ma foi, madame, répondit Finette, je n'en sais pas davantage, car le peu que je sais, c'est monsieur qui me l'a appris.

— C'est fâcheux.

— Cependant, si madame le désire, je m'informerai, j'ai une sœur, qui depuis deux jours est entrée en condition à Versailles, chez le duc de Santa-Cruz...

— Le duc de Santa-Cruz!...

— Un grand d'Espagne qui vient d'arriver à la cour.

— Ah!... fit Jeanne dont le cœur battit violemment, — il a une fille, je crois?...

— Oui, madame, elle est venue ici avec son père pour se marier avec...

— Oui, je sais, — dit Jeanne en l'interrompant.

Et quand elle eut renvoyé cette fille, elle se mit à pleurer abondamment.

— On la dit si belle, cette Espagnole, il l'aimera comme il m'a aimée... Ah! malheureuse!...

Elle n'avait plus la force de continuer cet horrible jeu; — cependant quand l'heure de l'arrivée du comte de Tanski approcha, elle avait repris courage. Elle était assise auprès de la fenêtre ouverte, car les premiers jours du printemps répandaient dans l'air leurs premiers parfums distillés par la douce chaleur d'une magnifique journée, — et quand le roi entra, elle était si profondément plongée dans ses rêveries, qu'elle ne l'entendit pas.

— Henriette... dit-il d'une voix timide.

Jeanne se retourna au bruit plutôt qu'à ce nom auquel son oreille n'était pas faite.

— C'est vous, monsieur le comte! fit-elle.

— Ma visite vous étonne?

— Non, puisque je vous attendais.

— Serais-je assez heureux pour vous faire désirer ma présence... et pourtant une crainte suprême est venue m'attrister pendant que je marchais vers cette maison.

— Laquelle donc?

— C'est que la solitude vous pèse déjà, et que vous m'acceptez... comment dirai-je... ma foi, comme un épouvantail servant à chasser les idées noires qui semblent vous accabler.

— Fi, monsieur, c'est mal de penser cela, car rien n'est moins vrai.

— Satisferez-vous enfin ma curiosité, adorable Henriette, me direz-vous qui vous êtes, m'apprendrez-vous surtout quelles circonstances fatales vous ont poussée à désirer la mort, à la chercher?... Vous hésitez, vous n'osez vous fier à moi, vous avez tort, c'est uniquement dans votre intérêt que je vous adresse ces questions...

— Je vous l'ai déjà dit, monsieur le comte: — je fuyais la maison de... mon père.

— Pourquoi?

— Parce que j'y étais si malheureuse que la mort serait venue m'y trouver, et que je voulais hâter moi-même le terme d'une destinée fatale...

— Henriette, il faut retourner dans votre famille.

— Pour y souffrir encore?... cette solitude me plaît davantage.

— Je vous y reconduirai, moi, je demanderai votre pardon. J'ai quelque influence, mon enfant, quelque pouvoir...

— Oui, je comprends qu'il n'est pas convenable que je reste plus longtemps dans une position aussi fausse... Il faut me mener dans un couvent, ou plutôt, vous avez une sœur, une épouse peut-être, eh bien! placez-moi près d'elle pour la servir.

Et en trois bonds, le jeune traitant fut à califourchon sur la maîtresse branche d'un marronnier. (Page 41.)

— Vous si belle, si parfaite, servir! malheureuse enfant! y songez-vous!

— Le malheur apprend à tout supporter.

Louis XV passa sa main devant ses yeux: son âme était en proie à un combat, d'autant plus violent, qu'à l'âge où il était parvenu les passions prennent généralement des proportions gigantesques, et que leurs racines s'enfoncent d'autant plus profondément qu'elles semblent déjà condamnées au froid de la tombe. Cependant, il se révoltait intérieurement de l'étrange changement opéré dans son caractère et dans ses idées, — il se gourmandait de ne pas voler dans les bras de l'amoureuse Angiolina pour oublier tout souci; mais il était faible et sans énergie devant la manifestation de ce nouveau sentiment, et il s'y abandonnait avec la douce satisfaction qui, par éclairs, étreignait puissamment son cœur.

Il voulut pourtant sortir de toute contrainte, et comme un amoureux de vingt ans, il joua le tout pour le tout.

Il prit la main d'Henriette et la regarda avec une sorte de solennité.

— Henriette, reprit-il, — êtes-vous... de noble maison?

— Mon père était... est baron, répondit-elle, — mais à quoi bon cette question?...

Le roi se mit à sourire et prit cet air de mansuétude charmante qu'il tenait du bon Henri.

— C'est que je suis marié en effet, dit-il, et q[illegible]r entrer au service de ma femme comme v[illegible]sirez, il faut... il faut faire preuve d'anc[illegible]blesse.

Jeanne [illegible] regarda avec terreur et tomba à genoux.

[illegible]elle en joignant les mains, — vous êtes le roi!...

Louis XV voulut la relever, mais elle insista pour garder cette position humiliée.

— Que Votre Majesté me pardonne...

— Levez-vous, Henriette, levez-vous, mon enfant, vous ne m'avez point offensé... Non, vous n'êtes point faite pour servir, — et je veux aviser à vous rendre heureuse.

— Sire... fit Jeanne toute confuse.

— J'ai un projet à votre égard... Henriette, je vous... je vous en parlerai.

— Vous êtes le roi, fit Jeanne qui le considérait avec curiosité.

— Eh bien! dit le roi avec le meilleur sourire, n'avez-vous pas assez de confiance pour me dire qui vous êtes?

— Sire, vous le savez, mon père est baron et je me nomme Henriette... je vous en supplie, ne m'en demandez pas davantage.

— Je veux vous servir malgré vous.

— Mais, sire, je suis indigne...

— Vous êtes belle!... dit le roi en lui baisant une main qu'il sentit tressaillir et qui continua de trembler dans la sienne.

— Allons, mon enfant, continua-t-il, n'ayez pas peur... suis-je donc une Majesté si redoutable?...

Mais Jeanne le repoussa doucement et s'éloigna de lui avec une expression si marquée de défiance, que Louis XV en fut honteux et eût donné, en ce moment, sa couronne pour être le plus obscur de ses sujets; il comprit qu'il fallait laisser cette jeune fille à elle-même, car elle avait tout l'air de ne pouvoir s'habituer de longtemps à sa royauté.

— Je vous laisse, Henriette, dit-il, au revoir, à demain, vous me le permettez?...

— Vous êtes le roi, et le maître. Sire...

— Henriette, demain, je vous dirai...

Il n'osa achever, lui prit de nouveau la main, la baisa respectueusement et partit, non sans s'être retourné au seuil de la porte et lui avoir envoyé le salut le plus amical.

Jeanne était restée bouleversée de cette révélation. Était-ce donc là ce roi Louis XV dont elle n'avait entendu parler qu'en chuchotant? Elle n'en pouvait revenir, elle, la pauvre enfant, élevée si sévèrement par Mme de Néris, tenue si éloignée de la cour et de ses corruptions, au point que la vue du roi, même dans les solennités, lui avait été interdite. Elle avait parlé à ce roi!... Et ce roi paraissait bon et doux, et il la prenait sous sa protection.

Et maintenant la possibilité de revoir Henri lui semblait plus près d'elle; elle se disait que le roi saurait fléchir cet orgueilleux marquis de Moléon, et renvoyer au delà des Pyrénées cette Espagnole née pour son malheur.

— Il ne m'aime plus, se disait-elle, c'est sûr!...

Et alors il lui prenait des rages furieuses et un désir immense de se venger... orages tempérés par les battements de son cœur à la seule pensée d'Henri.

Elle était restée immobile à la place qu'elle occupait lorsque le roi était parti; et toutes ces pensées s'étaient présentées à son esprit avec la rapidité de l'éclair; mais quand elle releva les yeux, elle vit dans une glace les rideaux d'une portière se soulever doucement.

— Ah!... fit-elle avec un cri où la joie, la prière et l'espérance étaient confondues, en tombant dans les bras de Saint-Germain.

— Chère enfant!... dit celui-ci avec tristesse en la baisant sur le front.

— Que vous avez été longtemps à revenir, mon père!... dit-elle d'un accent de reproche.

— Je ne te perdais pas de vue, dit-il.

— Ah! si vous saviez!...

— Je sais, je viens d'entendre... et puis, j'ai lu dans ta pensée... Pauvre folle!...

— Que dites-vous...

— Oui, pauvre folle, de t'attacher plus longtemps à un homme dont l'amour te serait peut-être un jour importun.

— Oh! non, je l'aime, je n'aimerai jamais que lui.

— Ne me dis pas cela, s'écria le comte, tu me brises le cœur!...

— Pourquoi?... ne voulez-vous donc pas que je sois heureuse?...

— Si! je le veux, et tu le seras!... mais, vois-tu, il y a de ces fatalités qu'il faut subir...

— Ah! vous aussi, mon père, vous êtes malheureux!... Eh bien! prouvez-moi que je suis bien votre fille en me donnant à porter ma part de vos douleurs.

— Tu sauras tout, mais à une condition, c'est que tu m'obéiras en tout point.

— Tant qu'il ne sera pas question... de lui, je le jure, mon père!... dit-elle avec une résolution et une énergie qui firent frémir Saint-Germain, car il se connaissait bien à ces sentiments exprimés ainsi, — c'étaient ceux de sa race.

— Eh bien! pour commencer, Henri n'épousera pas M^{lle} de Santa-Cruz, car je te fournirai les moyens de défendre à M. de Moléon de donner suite, non-seulement à ce projet, mais à tout autre de cette nature.

— Merci, dit Jeanne, dont la poitrine se gonfla de satisfaction, — mais ces moyens?...

— Les voici, répondit Saint-Germain en lui présentant une lettre dont le papier jauni attestait la vétusté. Avec certains hommes, il faut user de moyens palpables. On pourrait bien agir autrement, mais le marquis se rendra plus facilement à l'éloquence de cette lettre.

Jeanne parcourut la lettre et releva la tête, remplie d'une sombre résolution.

— Il y a de quoi l'envoyer à la Bastille.

— Mieux que cela, il y a de quoi le priver de ses entrées à la cour, sa vie!

— Mais comment possédez-vous, mon père?...

— Que t'importe? Avec de l'or toutes les portes s'ouvrent, toutes les archives se vident : et si je voulais m'en donner le plaisir je pourrais, en quelques heures, bouleverser de fond en comble la cour et ses abords. Dans la vie de tout courtisan, vois-tu, il y a toujours une bassesse, une trahison qui, évoquée à temps, en fait un esclave. Mais songes-y, Jeanne, Henri n'épousera pas d'autre femme, mais toi-même devras renoncer à lui.

— Eh! quoi, vous aussi, mon père, vous exigez?...

— Si tu pouvais amener le roi à ce que je veux, je te rendrais heureuse en te donnant celui que tu aimes; mais les projets que je médite ne sont assurés que si tu épouses...

— Un autre qu'Henri, jamais!...

— Alors, tu me condamnes toi-même à la mort.

— O ciel!...

— Dire que le hasard, pensait Saint-Germain, s'est rencontré avec mes calculs; qu'il a voulu que ma cause fût défendue auprès du roi par deux âmes qui me sont chères et ne me trahiront pas; penser que tout va réussir...

— Mon père, dites-moi vos projets et peut-être, comme vous l'avez dit, pourrai-je...

— Ce n'est pas un rêve d'égoïsme et d'ambition que je vais dérouler devant tes yeux, ma Jeanne bien-aimée, il s'agit de l'avenir d'un grand empire, plongé en ce moment dans les ténèbres et dans la barbarie; en proie à toutes les calamités de la tyrannie et de la nature, et dont les populations réclament à grands cris les bienfaits de la civilisation.

— Parlez, mon père, dit Jeanne en qui le comte crut voir un juge sévère.

Il lui raconta alors à quelle grande œuvre il avait voué sa vie, ses moyens d'action, ce qu'il attendait du roi; et il parvint à faire passer dans l'esprit de sa fille l'assurance dont il était animé.

— Oh! c'est beau, c'est grand!... dit-elle en aspirant l'air de ses narines dilatées, et rejetant en arrière son front rayonnant d'orgueil.

— Tu peux être un jour impératrice!... comme Iolande ton aïeule!...

Les yeux de la jeune fille brillèrent tout à coup d'un éclat extraordinaire; mais ce fut une flamme fugitive, une étincelle aussitôt morte que née, car ses bras retombèrent inertes, et son regard devint doux et résigné.

— Mon père, dit-elle avec la plus exquise simplicité, j'aime mieux habiter un village perdu au milieu des bois, et être la femme d'Henri.

Le comte sentit son cœur se briser à cette déclaration si nette, et il ne se sentit pas la force de lui ôter toute espérance.

— Eh bien! dit-il d'une voix grave et comme s'il cherchait dans son esprit un moyen de parer à tout, — que le roi m'aide, comme il me l'a presque promis, et nous verrons.

— Ah! que je vous aime! fit Jeanne en se jetant à son cou.

— Je veux ton bonheur, moi, dit Saint-Germain vaincu, même au prix du mien.

— Mais, mon père, reprit-elle, vous ne m'avez pas dit votre nom, car je ne suppose pas qu'ici vous soyez connu sous le nom de votre royale famille... est-ce le marquis de Montferrat?

— Je suis ici pour tout le monde le comte de Saint-Germain.

— Eh! quoi!... fit Jeanne stupéfaite, ce...

— Oui, ce sorcier dont on parle beaucoup et dont, réellement, on sait fort peu de choses. Vois, mon enfant, c'est souvent un mauvais calcul que de se trouver au-dessus des autres hommes par la science ou l'intelligence. Si j'avais à recommencer ma vie, je me ferais petit.

Jeanne passa de nouveau ses deux bras autour du cou de son père et l'embrassa tendrement.

— Non, restez grand, mon père, et dites-moi...

— D'espérer!... c'est cela, n'est-ce pas? demanda le comte qui avait lu dans sa pensée. — Eh bien! oui, mon enfant, espère!

Et après avoir embrassé sa fille, après l'avoir même repoussée, car il ne pouvait s'arracher de ses bras, il disparut derrière les rideaux du cabinet. Jeanne voulut le suivre dans cette pièce, afin de le voir encore une fois, mais en y pénétrant elle ne vit sur les murailles aucune trace de porte.

Elle rentra dans sa chambre, et ses yeux humides encore de douces larmes, attristés par l'incertitude de l'avenir, errant vaguement sur les objets qui l'entouraient, se portèrent vers une partie de la muraille, derrière laquelle elle entendait frapper.

Jeanne s'approcha timidement d'un grand panneau devant lequel était placé un fauteuil, et elle entendit une voix qui l'appelait. Il y avait, à la hauteur de son front, une ornementation de fruits et de fleurs sculptés dans le bois, et au-dessus de laquelle il lui semblait voir une solution de continuité. Elle dérangea le fauteuil, se haussa sur la pointe des pieds et vit, en effet, à travers une fente large de trois ou quatre lignes, deux yeux étincelants fixés sur les siens.

— Qu'est-ce que cela!... fit-elle épouvantée.

C'était le judas imperceptible par lequel nous avons vu, précédemment, Louis XV examiner sa nouvelle conquête.

— Mademoiselle de Néris, reprit la voix, il y a là une porte, les verrous doivent être de votre côté, ouvrez-moi.

La voix était celle d'une femme, et Jeanne se rassura. Elle aperçut seulement alors, cachés dans l'épaisseur des moulures verticales du panneau, deux petits verrous plats qu'elle fit jouer avec assez de peine dans leurs tenons. La porte s'ouvrit et une femme apparut, dans une attitude sévère, presque menaçante.

— Mademoiselle Tadolini!... fit Jeanne, aussi étonnée de la présence de cette jeune fille que de l'étrange costume dont elle était vêtue, costume oriental dont la transparence atteignait presque la négation.

Angiolina entra dans la chambre et, en même temps, s'enveloppa dans les vastes plis d'un grand peplum de cachemire blanc qu'elle avait laissé rouler sur son bras. Ainsi drapée, cette splendide créature avait l'air d'une déesse de Phidias descendue de son piédestal, ou de l'une des prêtresses de la frise du Parthénon.

— Vous l'aimez? demanda-t-elle en regardant Jeanne avec l'expression d'une sourde haine, et en montrant du doigt les tentures derrière lesquelles avait disparu Saint-Germain.

— Oui, répondit simplement Jeanne.

On voit que ces deux natures étaient incapables de dissimulation, et que toute lutte de paroles, de diplomatie ou de ruse leur répugnait également.

— Le roi vous aime? continua l'Italienne en fronçant les sourcils.

— Puisque vous avez vu, vous avez dû entendre, répondit Jeanne en se dirigeant vers la porte, car elle devinait une ennemie et dédaignait d'entrer dans aucune discussion.

Mais Angiolina la saisit par le bras et la força de se retourner.

— Mademoiselle, dit-elle, il faut que je vous parle, ne le comprenez-vous pas?

— Que voulez-vous?

— Je veux vous dire que vous allez sortir de cette maison et rentrer dans votre famille, ou sinon...

— Mademoiselle, répliqua Jeanne, j'ignore à quel titre vous y êtes vous-même; mais je ne vois pas pourquoi ce serait moi qui vous céderais la place.

— Ah! tenez, fit l'Italienne avec colère, ne me forcez pas à parler davantage, croyez-moi, car il pourrait vous arriver malheur!

— Expliquez vous, si vous voulez que je vous comprenne.

— Eh bien! vous voici sur ma route, de toutes les façons, vous êtes ma rivale!...

— Votre rivale! moi!... s'écria Jeanne au comble de la stupeur.

— N'aimez-vous pas Saint-Germain!

— Madame!... fit Jeanne avec hauteur, je vous en prie, cessez un langage qui m'offense, et repoussez une opinion qui est plus qu'un outrage.

— Un outrage! fit Angiolina en riant avec amertume.

— Assez, madame, reprit Jeanne d'une voix forte. — Ecoutez-moi, je veux bien vous dire que j'aime, en effet, M. de Saint-Germain, puisque tel est le nom de l'homme qui sort d'ici. — Il est le maître de mon existence et je la sacrifierais avec joie pour lui...

— Comme moi... murmura l'Italienne.

— Mais de là à supposer... je vous répète que c'est plus qu'un outrage, c'est un blasphème!... Ah! ce mot vous étonne, madame, oui, je le conçois, et j'en suis presque à regretter en ce moment que M. de Saint-Germain n'ait pas plus élevé la voix tout à l'heure, car cela m'épargnerait la peine de vous répondre.

— Il vous aime, au moins, lui!

— Autant que je l'aime, je le crois.

— Ah! ne dites pas cela!... s'écria Angiolina dont les poings se crispèrent avec une rage telle, que ses ongles lui entrèrent dans les mains.

— Je ne puis vous en dire davantage, libre à vous de penser ce que bon vous semblera, madame, mais si c'est d'amour que vous aimez M. de Saint-Germain, soyez bien tranquille et dormez en paix, ce n'est pas moi qui vous l'enlèverai.

— Mais, le roi, le roi!...

— Ah!... fit Jeanne avec une telle expression de hauteur et de dédain que l'Italienne recula de quelques pas.

— J'ai la tête perdue, reprit Angiolina, je souffre horriblement!...

Et elle se jeta en pleurant sur un sofa, cachant son visage dans les coussins. Jeanne eut pitié, et se rapprocha doucement de cette créature qui restait pour elle à l'état d'énigme et de mystère, et dont la beauté et les perfections avaient un attrait si étrange et qui empêchait de s'attacher absolument à la lettre de ses incohérentes paroles.

En se sentant toucher l'épaule, Angiolina releva la tête.

— Ah! vous ne savez pas, dit-elle, ce que cette exécrable maison a fait de moi!... Pauvre créature née pour l'amour, c'est dans le vice que je suis tombée!... Ah! je l'avais bien dit, l'honneur n'a pas été le plus fort, je ne me suis pas tuée de honte, et maintenant... maintenant j'aime mon opprobre, j'aspire aux joies de mon infamie comme le damné soupire après la vue de Dieu... ce qu'ils ont fait de moi, c'est quelque chose d'horrible!... je les aime tous les deux!...

— Malheureuse!... fit Jeanne émue et qui, tout ignorante qu'elle était des impuretés de son siècle, pressentait là un grand mystère d'iniquité.

— Ah! tenez, si vous êtes pure encore, vous, ne m'écoutez pas, fuyez!... ou plutôt, non, c'est moi, moi!...

Et sans voir l'attitude de Jeanne qui, le visage rayonnant d'une sublime mansuétude, lui offrait les consolations de son cœur, en tendant les bras vers elle, elle se leva vivement et s'enfuit.

Jeanne la regarda s'éloigner et resta pensive; puis elle passa sa main devant ses yeux, comme pour en chasser de sinistres images, ou pour combattre des réflexions trop tardives.

— Mon père le veut! dit-elle résolue et fière, il le faut!

Le lendemain, elle avait réfléchi et arrangé son existence de manière à ménager en même temps le présent et l'avenir.

Elle sonna et Finette parut quelques instants après.

— Sa Majesté, dit-elle d'une voix assurée, vous a ordonné sans doute d'obéir à toutes mes volontés.

— Oui, madame, répondit la soubrette.

— Eh bien! envoyez tout de suite chercher M. le marquis de Moléon. Il demeure à l'avenue de Paris, numéro 19. S'il n'était pas chez lui, on l'attendrait, et à quelque heure que ce soit, on l'introduirait ici. Avant de l'y conduire on lui demandera sa parole d'honneur de garder le secret.

— Oui, madame.

— Ne vous trompez pas, c'est le vieux marquis de Moléon que je veux.

La suivante sortit pour exécuter au plus tôt cet ordre qu'elle ne songea pas à discuter.

Quand Angiolina était rentrée dans ses appartements que le hasard ou plutôt l'instinct de ses passions lui avait fait quitter, pour la première fois, sous un prétexte de curiosité, elle y trouva sa mère.

Celle-ci fut effrayée de son air égaré, et s'imagina facilement que sa fille était sous le coup d'un malheur récent.

— Qu'y a-t-il? demanda-t-elle aussitôt, sans songer même à embrasser Angiolina qu'elle n'avait pourtant pas vue depuis longtemps.

— Il y a que nous allons peut-être retourner en Italie, répondit Angiolina.

— Oh! fit la Tadolini, toute frémissante d'une colère sourde, déjà!

— C'est à en mourir!... s'écria la brune houri en se tordant dans ses gazes, plus belle cent fois que la Niobé antique.

— Dis-moi quels sont les obstacles, nomme-moi tes ennemis, nos ennemis... dit la princesse d'une voix terrible, — et je saurai... les briser!

## VII

### MADAME HENRIETTE

Le valet envoyé chez M. de Moléon attendit une partie de la journée, et le jour tombait lorsque le marquis rentra. Il était rayonnant, car, satisfait de la docilité de son fils qui, tout entier à ses espérances, n'opposait plus que le silence à ses raisonnements, il venait de prendre rendez-vous pour le lendemain avec le duc de Santa-Cruz.

Il fut bien tenté de renvoyer le valet à plus tard, et même à tout jamais; mais celui-ci, selon ses instructions, ayant ajouté qu'il y allait du service de Sa Majesté, M. de Moléon le suivit. Quand ils tournèrent dans la rue Saint-Louis, il crut qu'on le conduisait chez la baronne de Néris; mais il se rappela que la baronne avait déménagé, et sa surprise fut au comble quand il vit son conducteur s'arrêter à la porte de l'hôtel de M. Colin, qu'il soupçonnait fort d'être une des mystérieuses oasis où le roi cachait ses amours.

— Est-ce une nouvelle sultane, tout simplement la Pompadour qui désire me parler? se demanda-t-il. — Ma foi, l'une ou l'autre, je ne dois probablement qu'y gagner.

Il fut introduit dans la chambre à coucher, et la lumière des candélabres allumés de chaque côté de la cheminée l'empêcha de reconnaître d'abord Jeanne, le coude appuyé sur le marbre et qui le considérait en souriant.

— Madame... fit-il en s'inclinant.

Un petit éclat de rire retentit au-dessus de sa tête et il se releva tout étonné.

— Jeanne! s'écria-t-il en reculant de quelques pas.

— Moi-même, monsieur le marquis.

— Vous!... vous!...

— Me croyiez-vous morte, ou dans un couvent?

Mais le marquis ne répondit pas à la question, il était abasourdi.

— Vous au Parc-aux-Cerfs!

— Eh bien! quoi d'étonnant?... n'y a-t-il pas dix ans au moins que ma mère et moi habitons ce quartier?

— Ce n'est pas ce que... mais. Toi, Jeanne!... reprit M. de Moléon qui n'en revenait pas.

— Ah! marquis, fit la jeune fille d'un air sérieux, je vous préviens que je me nomme à présent M^lle Henriette.

— Que veut dire?...

— Vous devinez, n'est-ce pas, vous devinez un peu pourquoi j'ai désiré vous voir?

— Mais...

— Oh! reprit vivement Jeanne, ne croyez pas que je veuille vous entretenir encore d'un mariage... devenu impossible.

Le marquis voulut dissimuler, mais il ne fut point maître de retenir un gros soupir de soulagement et de satisfaction.

— Marquis, consentez-vous à me dire quand... quel jour M. Henri de Moléon, votre fils, doit épouser M^lle de Santa-Cruz?

— Mais Jeanne ou, plutôt, madame Henriette, daignera-t-elle m'apprendre dans quel but elle s'informe d'un fait qui, elle vient de le dire elle-même, ne peut plus l'intéresser?

Jeanne vit que le marquis croyait marcher sur un terrain sûr, aussi ne voulut-elle pas user de détours.

— Mon Dieu, monsieur, reprit-elle, dans un but excessivement facile à énoncer. — C'est que je ne veux pas, — entendez-vous, marquis, je ne veux pas que ce mariage ait lieu.

— Qu'entends-je! fit le vieux courtisan avec un haut-le-corps convulsif, — voici du nouveau, corbleu!... vous ne voulez pas!...

— C'est un ultimatum facile à suivre, et qui ne prête pas aux interprétations, du moins je m'en rapporte entièrement à vous sur ce point, monsieur le marquis, à vous qui, dans votre jeunesse, avez fait preuve de véritables talents de diplomatie.

Le marquis ne se déconcerta point de cette phrase, qui était une véritable attaque; car il était bien loin de s'imaginer que cette jeune fille, élevée sous ses yeux, mît la moindre malice dans ses paroles et fît la moindre allusion à son passé qu'il avait tout lieu de savoir ignoré.

— Ma foi, répondit-il, car il trouvait la prétention bouffonne, si vous aviez encore le désir ou l'espoir d'épouser mon fils, je comprendrais...

— Marquis, les femmes ont des grâces d'état qui leur permettent de ne pas paraître toujours très-conséquentes avec elles-mêmes, — c'est pourquoi je vous prie de vouloir bien, de vous-même, rompre ce mariage.

— Et de quel droit, s'il vous plaît, madame Henriette?

— Monsieur le marquis je serai franche. Je vous avouerai que j'avais contre vous, d'abord, des désirs de vengeance; mais j'ai su les comprimer... Oh! ne riez pas, car, je vous en donne ma parole d'honneur, je n'aurais qu'à ouvrir la main pour vous perdre.

— Moi! fit M. de Moléon stupéfait.

— J'ai préféré le rôle d'une femme outragée et qui pardonne. Vous avez été l'ami de ma famille, et je m'en souviens... et puis, si j'ai perdu votre estime, je tiens, du moins, à conserver celle de moi-même. — Or, si j'ai manifesté ma volonté tout à l'heure, c'est que je veux éviter à votre fils un malheur éternel, car il n'aime pas Mlle de Santa-Cruz... Oh! je sais bien qu'il n'y a point là de quoi vous inquiéter beaucoup, mais...

— Mademoiselle... ou madame, repartit le marquis d'un ton sec, je crois que nous perdons là, vous et moi, un temps fort précieux et...

— Ainsi, vous refusez?

— J'ai l'honneur d'être votre très-humble serviteur... répondit le marquis en saluant et en faisant mine de se retirer.

— Un instant, monsieur, fit Jeanne d'une voix caressante, — je dois vous prévenir que j'ai... quelque crédit auprès de Sa Majesté.

— Vous! fit le marquis en dressant l'oreille.

— Sa Majesté est disposée à m'accorder... beaucoup de choses, et même... je vous dis cela en confidence, il serait sérieusement question d'obliger certaine personne à échanger ses hôtels, terres et châteaux, situés en l'île de France, toutes choses dues à la munificence du roi, contre un magnifique domaine situé du côté de la Provence.

— En vérité!... fit le marquis en riant d'un rire forcé, — car ce qu'il entendait là signifiait très-catégoriquement que Jeanne allait devenir maîtresse en titre et, par conséquent, disposer d'un pouvoir immense.

— Eh bien! marquis?...

— Eh bien! madame, dit l'entêté gentilhomme, jusqu'à ce qu'un plus riche parti se présente pour mon fils, je persiste à ne point céder un pouce de terrain.

— Soit. Mais, je vous le répète, pour un diplomate, c'est peu habile.

— Un diplomate?... Eh! je suis maréchal de camp et non diplomate, madame!

— Aujourd'hui, c'est possible, mais il y a longtemps, bien longtemps, près de trente-neuf ans, vous donniez de sérieuses espérances. Vous étiez alors au service de Mme la duchesse du Maine, si je ne me trompe...

— En effet, dit le marquis rougissant faiblement.

— C'est un point connu de tout le monde et à ce titre vous avez été exilé de la cour pendant quelque temps, comme bien d'autres, car cette excellente duchesse avait résolu de détrôner Sa Majesté Louis XV pour mettre à sa place Sa Majesté le roi d'Espagne. C'était bien là, n'est-ce pas, le but de cette fameuse conspiration?

— Eh! ma chère enfant, histoire ancienne, il y a eu amnistie, lessive générale!...

— Oui, lessive générale, comme vous dites fort élégamment, marquis, mais à l'exception de trois gentilshommes, restés inconnus... aidez-moi donc à me rappeler leurs noms.

— Puisqu'ils sont restés inconnus!... répliqua vivement le marquis avec embarras.

— Cela tient, dit Jeanne avec calme et une apparente insouciance, qu'ils avaient changé de nom à cette occasion... l'un d'eux, le comte de Joux...

— Le comte de Joux... fit le marquis en se rapprochant instinctivement.

— Ah!... vous commencez à vous intéresser à mon histoire, n'est-ce pas, marquis?... Eh bien! ce comte de Joux s'était chargé spécialement, avec deux de ses compagnons, de conduire Louis XV dans la tour de Ségovie; c'est pourquoi Sa Majesté n'a jamais voulu pardonner à ceux qui étaient assez hardis pour concevoir le projet de porter la main sur sa personne...

— Bah! fit légèrement le marquis, le comte de Joux est mort.

— C'est possible, répliqua Jeanne, mais il y a une pièce, émanée ou soustraite sans doute du cabinet ou des archives du roi d'Espagne, laquelle pièce charge fort ce comte de Joux et indique, d'une manière... positive, où il serait facile aujourd'hui de le retrouver.

— O ciel!... fit le marquis visiblement troublé et dont les jambes chancelèrent.

— Cette pièce, monsieur le marquis, vous en recevrez copie demain matin à votre réveil, — car d'ici là nous voulons, — vous entendez, je dis nous voulons, — vous donner le temps de la réflexion.

— De grâce, Jeanne, écoute-moi...

— Monsieur le marquis de Moléon, je suis votre humble servante.

— Mais... fit le marquis dont le front était baigné d'une sueur glacée.

Et Jeanne saluant avec la plus froide dignité, se retira vers une porte derrière laquelle elle s'enferma.

Le marquis demeura atterré.

— Ah! malheureux, fit-il, je suis perdu, déshonoré, emprisonné... et peut être décapité!...

En ce moment il releva la tête et rencontra le portrait du roi, placé comme on sait d'un côté de la cheminée. Il lui sembla que les yeux du monarque lançaient des flammes et que tout son auguste visage exprimait le plus terrible courroux.

Le vieux courtisan ne put supporter ce spectacle navrant, lui qui faisait uniquement consister le bonheur dans un sourire du roi ; il recula épouvanté et s'enfuit à la hâte de cette maison, en proie aux terreurs les plus vives et se demandant s'il ne valait pas mieux se faire sauter la cervelle que d'attendre le coup qui le menaçait.

Pendant qu'il fuyait la maison et le quartier du Parc-aux-Cerfs, deux personnages dont l'un, au moins, lui était cher, se dirigeaient, au contraire, de ce côté de la ville. C'était Henri, son fils, en compagnie de Melchior Pinson.

Il y a quelque temps que nous avons perdu de vue cet excellent et trop riche garçon.

La révélation que lui avait faite le chevalier de Rancrolles l'avait abasourdi, nous l'avons vu ; aussi n'avait-il trouvé rien de mieux, afin d'éviter les tentations de se perdre à tout jamais, que de quitter Versailles, Paris et la France. Mais en se dirigeant vers l'Italie il était passé par la Bourgogne où était située l'une de ses terres : là, il avait été si bien fêté, si bien choyé par ses gens et ses métayers, qu'il ne se figurait pas qu'on pût désirer un bonheur autre que celui trouvé dans la vie des champs.

Sans compter qu'il y avait de fort jolies filles sur son domaine. Une entre autres, la fille du meunier, une blonde splendide, M^lle^ Morphise, nom assez prétentieux et rappelant les romans du bon vieux temps, attestait la faiblesse de ses parents qui s'attachaient beaucoup plus à la faire paraître belle que sage.

La belle Morphise essaya le pouvoir de ses atours et de ses charmes sur les yeux du jeune seigneur ; mais, en fille rusée, elle vit tout de suite qu'il y avait du temps à perdre et pas autre chose. Pinson ne s'occupa d'elle que pour songer davantage à Rose, qui lui ressemblait, en miniature.

Or, l'homme propose, et souvent le roi dispose. Pinson avait le projet de rester longtemps dans ses terres, et la Morphise fut cause qu'il en partit bientôt. Un mois environ après son installation, un soir qu'il rentrait de chasser dans ses bois et futaies, tout le village était en rumeur.

Il n'y était bruit que de la disparition de Morphise.

Pinson avait assez vécu dans le monde à la mode, grâce à sa fortune, pour ne pas ignorer que maître Lebel faisait rechercher partout de nouvelles beautés, afin d'en peupler le sérail de Sa Majesté. C'est pourquoi, la Morphise étant d'une beauté plus qu'ordinaire, Pinson se fit un assez beau raisonnement.

C'est que, si la fille du meunier avait été dirigée sur le Parc-aux-Cerfs, il était peut-être temps pour lui de rentrer à Paris.

Mais en arrivant dans la capitale, il ne put tenir au désir d'aller à Versailles ; là, logé dans une auberge obscure, dormant le jour, il se rendait, chaque nuit, dans le quartier du Parc-aux-Cerfs et éprouvait une certaine volupté à en faire assidûment le tour. Il se demandait lequel de ces hôtels ou de ces maisons renfermait l'adorée de ses rêves ; car le pauvre garçon ne cessait d'aimer Rose Picard et s'accusait très-sérieusement d'être la cause de son déshonneur, puisqu'il avait trop tardé à se déclarer.

A force de réfléchir à sa situation et à celle de Rose, il finit par demeurer persuadé que la jeune fille était retenue dans la petite maison du roi contre son plein gré. Il résolut donc de découvrir quelle pouvait être cette maison, et ensuite d'en arracher la victime des plaisirs royaux. Il ne lui fut pas difficile de remarquer les allures discrètes et mystérieuses des gens qui entraient et sortaient de l'hôtel de la rue Saint-Louis, la solitude de la maison, entre cour et jardin, qu'il apprit être la propriété de M^me^ de Pompadour ou de son intendant, ce qui était absolument tout comme ; et il se mit à ruminer un projet.

— Pardieu, se dit-il, Henri m'a enlevé ma fiancée, il faut qu'il m'aide à enlever Rose, il me redoit bien cela. Il est brave, industrieux, hardi... voilà mon affaire !

On voit que, malgré ses millions, il n'osait essayer de corrompre les serviteurs de Sa Majesté.

Henri qui, depuis son entrevue avec Saint-Germain, bouillait d'impatience et eût voulu dévorer les heures qui s'écoulaient si lentement à son gré, qui essayait de tromper son impatience par le sommeil ou par une agitation incessante, accepta avec transports la proposition de Pinson.

Un instant, non point les dangers mais les conséquences de l'entreprise l'arrêtèrent ; mais les prières de Pinson furent si éloquentes qu'il s'y rendit ; d'ailleurs, il avait l'espoir que cela porterait bonheur à ses amours.

En conséquence, munis d'une échelle de

corde, celle qui avait déjà servi pour Jeanne de Néris et que Robert avait conservée, ils gagnèrent la rue Saint-Antoine, afin d'escalader la muraille de ce côté. L'escalade fut bientôt accomplie ; mais, une fois dans le jardin, Pinson se trouva subitement paralysé, il ne pouvait plus faire un pas, et l'idée des dangers qu'il courait lui ôtait la force, et le faisait trembler comme s'il eût gelé à pierre fendre.

Toutes les fenêtres du premier étage étaient éclairées, et leur nombre considérable rendait assez difficile à admettre la présomption que l'une dût appartenir à la chambre de Rose, plutôt que telle autre. Essayer d'entrer par le rez-de-chaussée et de monter tout simplement l'escalier, était trop hasardeux ; cependant le plus grand silence régnait dans toute la maison, et Henri fit la réflexion que les appartements devaient certainement rester toujours éclairés, pour la plus grande commodité de ses hôtes ; mais comme Pinson ne bougeait pas davantage et se rendait à tous ses raisonnements, il y avait à craindre de n'avancer à rien s'il ne se décidait à agir.

— Madame, savez-vous d'où nous venons, Jeanne et moi? (Page 49.)

Il comprit qu'après tout c'était pour lui qu'Henri s'exposait ainsi, et qu'il y avait lâcheté à rester sur son banc ; aussi fut-il décidé que Pinson, qui manifesta pour ce genre d'exercice une aptitude toute particulière, grimperait tour à tour sur les arbres plantés en allée devant les fenêtres de la maison, jusqu'à ce qu'il eût aperçu dans les appartements la figure de Rose, absolument inconnue à M. de Moléon.

Henri lui fit la courte échelle, et en trois bonds et non sans accrocs le jeune traitant fut à califourchon sur la maîtresse branche d'un marronnier, et de là plongea ses regards avides à travers la première fenêtre de gauche.

— Ah!... fit-il en chancelant, ce qui causa un assez grand tumulte dans l'arbre, car il cassa plusieurs petites branches afin de se retenir.

— Qu'y a-t-il? demanda Henri en riant.

— En voici bien d'une autre! s'écria Pinson à voix basse, — si l'on peut s'exprimer ainsi.

— Est-ce Mlle Rose?

— C'est Mlle de Néris!

— Jeanne! fit Henri, et avant que Pinson pût s'y opposer, il s'accrocha à ses jambes et en un instant fut à ses côtés.

Il plongea à son tour ses yeux dans l'appartement et vit en effet Jeanne, à genoux devant un fauteuil, priant Dieu, et dont le suave profil ressortait sur l'étoffe chargée de fleurs.

— C'est bien elle! dit Henri.

Et il sauta à terre, sans s'occuper du bruit qu'il pouvait faire, et se dirigea sans hésiter vers le vestibule, à travers la porte vitrée duquel on voyait commencer l'escalier.

— Malheureux, lui cria Pinson, vous allez nous perdre tous deux!

— C'est vrai, dit Henri en s'arrêtant, plutôt pour réfléchir que mû de compassion pour son compagnon.

Il revint sur ses pas et s'en alla vers le fond du jardin, où il ramassa l'échelle de cordes. Une fois de retour auprès de l'arbre dont Pinson descendait avec peine, il écouta, caché dans l'ombre de l'allée, si quelque bruit se faisait entendre dans l'intérieur de la maison; puis, persuadé que tout y dormait et que, seule peut-être, Jeanne veillait, il se rapprocha de la maison.

Son échelle était garnie à son extrémité de crampons de fer, garnis de laine pour en amortir le bruit, et il la lança d'une main exercée vers le balcon où elle s'accrocha solidement.

Pinson retenait l'échelle et Henri monta résolûment.

Une seconde n'était pas écoulée qu'il était sur le balcon, et frappait doucement à la fenêtre de Jeanne.

Celle-ci interrompit sa prière et regarda de ce côté. Elle vit une forme humaine s'agiter derrière les vitres et eut peur; mais bientôt rassurée en se disant que, si cet homme eût été un malfaiteur, il ne se fût point donné la peine d'attirer son attention elle se dirigea de ce côté, agitée, tremblante, curieuse, mais émue extraordinairement.

— Henri!... fit-elle en reconnaissant son amant.

Et elle ouvrit rapidement la fenêtre.

— Jeanne, ma Jeanne, s'écria le jeune homme avec transports, — c'est toi!

— Chut! fit la jeune fille en refermant la fenêtre, — taisez-vous, si l'on vous entendait!...

— Que m'importe! je te vois!... Vienne la mort à présent, je ne la crains pas!

— O ciel! mais vous êtes insensé, Henri, maintenant il faut fuir cette maison, et attendre que je vous dise... oui, il faut partir tout de suite!...

— Jeanne, oh! de grâce, un mot, un mot de toi qui m'assure que tu m'aimes encore, comme autrefois!...

— Henri, dit Jeanne avec effort, il faudrait, mon ami, il faudrait... m'oublier.

— T'oublier! moi! Oh! est-il donc possible qu'à tant d'amour ait succédé tant de froideur... Non, je ne le crois pas, ta conduite est inexplicable... ou plutôt, Jeanne, Jeanne, ne me force pas à chercher ce qui peut te pousser à agir de la sorte!

— Votre père sort d'ici, moins disposé que jamais...

— Eh! nous n'avons plus rien à redouter de son côté. Hier encore il m'a dit que si tu vivais...

— Parce qu'hier il croyait à ma mort. Ainsi sont les hommes et leurs conciences. S'il eût prévu que je dusse revenir.....

— Ecoute, mon amie, je t'aime, je t'aime comme jamais je ne t'ai aimée... cette maladie, cette séparation, tout cela n'a été pour moi que deuil et désespoir...

— Et cependant vous alliez épouser Mlle de Santa-Cruz!...

— Dans ce monde, ma Jeanne, ne faut-il pas mentir sans cesse, cacher ce qu'on a dans le cœur? Dans cette cour frivole, on n'eût point cru à ma douleur, elle eût été ridicule, que sais-je!... Fuir, le pouvais-je, puisque j'espérais y apprendre ce que tu étais devenue... Ah! quand j'étais seul, mon amie, depuis ma sortie de chez ta mère, depuis surtout que tu avais fui, devant ma colère, devant ces injustes paroles que je maudis et dont mon délire seul a été coupable, quand j'étais seul, ton image adorée était toujours avec moi, oui, un vague espoir a rempli mon âme... je me surprenais à me dire : — Non, ce n'est pas possible, Jeanne n'est pas morte, elle n'est non plus pas dans un froid couvent, ensevelie à jamais comme si elle était morte, car dans mes rêves je la vois toujours belle et riante, et jamais pâle et glacée...

— Rêves, en effet, que tout cela, dit Jeanne qui avait peine à retenir les battements de son cœur.

— Jeanne, écoute-moi, au nom du ciel, au nom de notre amour, réponds...

— Henri, ne me parlez plus, j'étouffe... si vous saviez, il y va du salut de...

— Mon Dieu, que faut-il donc que je lui dise!... s'écria le jeune homme éperdu. — Ne pense pas à autre chose qu'à notre amour, ni à d'autres personnes qu'à nous-mêmes, Jeanne... Ah! tu ne crois donc pas que je t'aime!...

— Henri, répondit Jeanne d'une voix d'où les sanglots semblaient prêts à déborder, je crois à votre amour, j'ai foi en vous, et c'est parce que j'ai cette confiance que je me trouve plus malheureuse que jamais.

— Tu m'aimes encore!... ma Jeanne, eh bien! périsse le monde entier, car pour moi tout est là!...

— Et moi aussi, Henri, répliqua la jeune fille, mon amour ne finira qu'avec ma vie... oui, je t'aime... Et moi aussi, ta maladie, notre séparation m'ont rendue folle, — mais elles m'ont fait peut-être t'aimer davantage; car dans mes rêves une voix douce me disait : — Espère, espère!

— Que de joies! s'écria Henri. — Écoute, le bonheur va renaître, — maintenant que je t'ai retrouvée, tu seras ma femme.

— Oh!... fit Jeanne en secouant doucement la tête.

— Oui, j'en suis sûr, je ferai parler à mon père une voix puissante qui s'intéresse à nous, et accoutumée à courber les plus dures volontés... le comte de Saint-Germain parlera au roi...

— Le comte!... O ciel!... le roi!... s'écria Jeanne au comble de la terreur, car elle se voyait entre l'amour de ces deux hommes, entre les volontés de l'un et les ambitions de l'autre, et se sentait petite et faible, comme broyée entre ces deux gigantesques puissances.

— Qu'as-tu donc, ma Jeanne? je sais que le comte...

— Henri, laisse-moi, éloigne-toi... Tu ne sais pas tout!... Oh! qu'on ne te trouve pas ici, surtout!...

— Pourquoi trembles-tu, pourquoi faut-il que je m'éloigne?...

— Ah! malheureuse... Oui, oui, Henri, espérons, espérons, mais plus tard, vois-tu, le temps nous viendra en aide... je fuirai d'ici... mais surtout, surtout qu'on ne parle pas au roi.

— Pourquoi?

— Parce que tu serais perdu!

— Jeanne!... oh! mais je suis fou, insensé, stupide, vraiment!... Eh! quoi, je me tue à te demander des explications lorsque tout ici parle et accuse!...

Et il laissa échapper un de ces éclats de rire qui effrayaient tant Jeanne lorsqu'il était couché sur son lit de douleur et en proie à la fièvre.

— Oui, Henri, c'est le roi qui commande en ce lieu, c'est lui qui m'a entourée de ce luxe... oh! je tremble..

— Ah! oui, je comprends tout, il t'aime, il te désire!... tu es sa maîtresse!...

— Non! non! je te le jure, Henri, par tout ce qu'il y a de plus saint et de sacré sur la terre et dans le ciel, — non, je ne suis qu'à toi, je n'aime que toi, toi seul!... que me fait le roi!...

— Oh! ce roi Louis XV, ma Jeanne, si tu le connaissais, ce n'est pas un roi, c'est...

— Tais-toi, tais-toi!...

Et Jeanne mettait ses mains tremblantes devant la bouche de son amant, lorsque tout à coup la porte s'ouvrit.

Elle recula vivement et demeura pâle, inerte, anéantie, comme si la foudre venait de la frapper subitement.

Henri, de son côté, n'était pas moins ému et resta immobile, les yeux baissés.

L'homme qui venait d'entrer et qui s'avança entre eux, pâle aussi, les dents serrées, et les bras croisés, — c'était le roi.

## VIII

### OU LA POMPADOUR A PEUR DE SON ŒUVRE ET JALOUSE LE PARC-AUX-CERFS

— Monsieur de Moléon! s'écria le roi en fronçant les sourcils.

— Sire...

— Vous connaissez... madame?...

Henri subissait malgré lui l'effet que produisait sur tous la personne vraiment majestueuse de Louis XV; il ne put que balbutier quelques mots inintelligibles.

— M'expliquerez-vous, monsieur, votre présence ici, près de madame?... fit le roi d'une voix sévère.

— Que Votre Majesté me pardonne, dit Henri en s'inclinant; mais je ne puis répondre franchement qu'avec la certitude de lui déplaire.

— Parlez, monsieur...

— Je croyais, sire, que vous connaissiez mon

histoire, car il m'a été rapporté que vous aviez daigné engager mon père...

— Je ne vois pas quels rapports...

— Si Votre Majesté ne comprend pas, reprit Henri, c'est qu'elle ignore...

— Eh ! bien ! madame, fit le roi en se tournant vers Jeanne, m'expliquerez-vous mieux, vous...

— Sire, répondit la jeune fille en ployant le genou, je vous ai caché mon véritable nom... il vous dira tout : je me nomme Jeanne de Néris...

— Ah !... s'écria le roi en tournant vers M. de Moléon ses regards courroucés.

Un grand silence régna entre ces trois personnes : ils s'examinaient, en proie aux plus anxieuses appréhensions, et les combats les plus violents se livraient dans leurs cœurs.

— Monsieur, reprit le roi, en quittant la maison de sa mère, Mlle de Néris a avoué qu'elle renonçait à vous, à vous qui n'aviez eu ni assez de courage ni assez d'amour pour résister aux ordres d'un père.

— Pardon, sire, aujourd'hui j'aurai une volonté.

— Vous n'en avez pas l'âge.

— Eh bien ! sire, Votre Majesté qui juge que j'aurais dû résister à mon père, édictera une loi qui réformera ces coutumes boiteuses qui défendent à un homme de se marier avant trente ans sans la volonté de son père, et qui lui permettent de l'enfreindre s'il veut entrer en religion.

— Ceci est du domaine de messieurs les philosophes qui, je le sais, sont beaucoup trop de vos amis.

— Sire, la connaissance de la vérité me donne la mesure de mon droit.

— Ce droit, monsieur, vous ne l'avez pas.

— J'en demande humblement pardon au roi, mais je désirerais savoir pourquoi ?

— Parce que votre faiblesse a été un outrage fait à Mlle de Néris...

— Sire... dit Jeanne, il n'y a pas eu...

— Outrage, mademoiselle, outrage sanglant ; et ce qu'un gentilhomme n'a pas craint de commettre, un autre gentilhomme s'est chargé du soin de le réparer.

— Ah !... fit Henri avec ironie, et ce gentilhomme, si digne, si rare, si magnanime, réparera l'outrage, mais souillera l'honneur !...

— Monsieur ! s'écria le roi avec un geste de colère.

— Henri ! supplia Jeanne.

Le monarque se tourna vers elle et la brisa d'un regard.

— Sire, reprit Henri, mon droit est grand et fort, je saurai le défendre, et le soutenir, même...

— Achevez, monsieur ! dit le roi avec hauteur.

— Même contre vous, sire... continua le jeune homme en s'inclinant.

— Monsieur de Moléon, vous manquez à votre souverain.

— Sire, on me l'a dit, répondit humblement Henri, Votre Majesté n'est ici que le comte de Tanski.

— Sortez, monsieur, sortez ! fit le roi qui ne se contenait plus.

Henri s'avança d'un pas, et le front haut et fier, tout en donnant à sa voix l'inflexion la plus calme et la plus polie :

— Le comte de Tanski devrait dire : — Sortons !

— Monsieur !...

— Henri, s'écria Jeanne en se précipitant entre eux, au nom du ciel, tais-toi !... — Sire !... continua-t-elle en joignant ses mains suppliantes.

— Henriette, Henriette, vous m'avez trompé, — et ce nom même choisi par vous en est une preuve cruelle...

— Votre Majesté avait respecté mon secret et j'ignorais...

— Mais maintenant...

— Sire, pardonnez-moi, mais je suis la fiancée de M. le comte de Moléon, lui seul peut me délier de mon serment !

— Lui, ou...

Le roi s'interrompit et se tourna vers le jeune homme qui était resté, immobile, à peu de distance de la porte.

— Monsieur de Moléon, dit-il, allez, de ce pas, prévenir votre colonel que vous êtes mis aux arrêts pour... jusqu'à nouvel ordre. — Allez.

Henri s'inclina, jeta vers Jeanne un regard où tout son amour et toute sa résignation rayonnaient, et sortit.

Le roi, dès qu'il eut disparu, s'inclina à son tour devant Jeanne et se dirigea vers la porte, affectant dans son air et dans sa démarche la plus grande froideur et la plus complète indifférence.

— Sire... fit la jeune fille en tendant vers lui les mains et ployant le genou.

— Demain, mademoiselle, j'aurai l'honneur d'envoyer prendre l'heure à laquelle vous voudrez bien me recevoir.

— Vous êtes le roi, sire, vous êtes le maître !... dit-elle avec effusion.

— A demain, répondit-il en saluant de nouveau et en faisant signe à Jeanne de ne pas bouger de sa place.

Il quitta cette chambre, le cœur gros. C'était à peu près la première fois que le monarque absolu, que le sultan insatiable rencontrait une femme rebelle à ses désirs, et il avait besoin de s'y habituer.

Il était arrivé sur le palier de l'escalier qui séparait les deux grands appartements du premier étage, lorsqu'il entendit une voix suave qui chantait au loin, en s'accompagnant de la mandoline. Il y avait bien trois ou quatre pièces à traverser avant d'arriver à celle où se tenait la chanteuse, et pourtant cette voix entrait dans le cœur du roi, pleine, sonore et vibrante comme si elle eût murmuré à son oreille.

— Angiolina !... fit-il en s'arrêtant sous le charme, en entr'ouvant la porte de l'appartement. La voix retentit plus forte ; elle chantait une chanson d'amour dans cette belle et langoureuse langue d'Italie, où tous les mots sont des caresses, où toutes les syllabes meurent comme le chaud baiser des voluptés écloses sous son soleil éternel.

Le roi entra dans la première pièce, il y trouva une servante, digne compagne de la jolie Finette, qui se leva à son aspect.

Avant d'aller plus loin, le roi prit un carnet dans sa poche, traça quelques lignes sur une page blanche qu'il déchira, mit une adresse et tendit ce billet ployé à la servante.

— Qu'on porte cela immédiatement à M. Berryer, dit-il, — il doit être à Versailles.

Et il entra dans l'appartement, léger de corps et plus léger encore d'esprit.

— Oui, se disait-il, en marchant vers le boudoir où achevait de murmurer la voix de la brune fille d'Italie, — voilà la femme comme il me la faut !...

Lorsque le roi souleva la portière du boudoir, Angiolina interrompit sa chanson, jeta loin d'elle la mandoline, se leva avec la souplesse d'acier de ses muscles de panthère, bondit sur le tapis, et étreignit son amant couronné de ses deux bras qui eussent fait honte à toutes les Vénus de mabre.

— Te voilà, mon roi ! fit-elle, comme ivre d'amour, en collant ses lèvres sur celles du monarque.

Cinq minutes après, Louis XV avait complétement oublié, non-seulement Jeanne de Néris et son rival auprès d'elle, mais encore son royaume et la terre entière.

Cependant il pensait à quelqu'un, au milieu des ardentes voluptés qui l'enivraient.

— Cette pauvre marquise, se disait-il en souriant avec pitié, c'est une véritable macreuse [1].

Quant à Henri de Moléon, il n'y avait pas une heure qu'il était rentré chez lui, où, de bonne foi, il se résignait à garder les arrêts, lorsqu'un exempt et ses gardes vinrent l'arrêter au nom du roi.

Le lendemain matin, les portes de la Bastille se refermaient sur lui.

On voit que Louis XV s'était ravisé, et avait voulu, provisoirement, tenir sous clef un homme aussi dangereux que ce rival, honnête mais violent.

Mais si le roi avait écrit, dans ce but, à son lieutenant de police ; Jeanne, elle aussi, avait écrit à son père. Or comme il n'y avait pas encore d'ordres donnés pour intercepter ses lettres, ou pour lui interdire toute visite, la lettre parvint au comte.

Seulement, comme il était meilleur juge que Jeanne de ce qu'il y avait à faire dans cette circonstance, Saint-Germain ne se hâta pas d'agir selon ses désirs.

Midi sonnait lorsqu'il arriva au Parc-aux-Cerfs.

— Mon enfant, dit-il d'une voix douce, il faut t'habiller de ton mieux et te faire belle... comme si tu devais être présentée à la reine. Je t'attends, hâte-toi.

Quand le comte eut disparu, elle sonna et Finette fut invitée à faire merveilles.

Saint-Germain s'était rendu chez Angiolina qu'il trouva au bain.

A sa vue, à l'aspect de ce front pâle et qui avait une expression sévère, la belle fille se cacha le visage de ses deux mains en renversant la tête sur le rebord de la baignoire ; mais il était dit qu'aucun de ses mouvements ne serait sans grâce et exempt d'une séduction, car, en se renversant ainsi, elle avait soulevé au-dessus d'une eau limpide et dont les parfums emplissaient l'air, une gorge d'une blancheur et d'un galbe dont la perfection eussent damné un saint.

— Serpent ! murmura Saint-Germain en détournant les yeux et allant s'asseoir à dix pas, hors des atteintes et de la vue de cette merveilleuse sirène ; là, il garda quelque temps le silence.

1. Oiseau aquatique et à sang froid. Le mot est de Louis XV.

— Qu'as-tu Paonèse?... demanda-t-elle en le regardant à travers ses doigts.

— Tu as quitté ton appartement, et tu as parlé à... quelqu'un.

— C'est vrai...

— Tu as osé menacer... cette personne; tu as parlé d'elle à ton exécrable mère.

— C'est vrai...

— Eh bien! Écoute, dit Saint-Germain d'une voix dure en se levant, si jamais il lui arrive malheur, soit par toi, soit par ta mère...

— Ce n'est pas possible, si tu veilles sur elle, et je te promets...

— Je ne puis être partout, — mais rappelle-toi ce que je te dis là, Angiolina, s'il lui arrive malheur, tu seras broyée en poussière impalpable et il ne restera pas trace de toi!

— Ah!... fit la belle fille avec terreur, — Paonèse, que dis-tu là!...

— Cette personne doit t'être plus sacrée que tout au monde, entends-tu bien!...

— Comme tu l'aimes!... s'écria Angiolina avec envie.

— Je l'aime, oui, répondit simplement Saint-Germain.

— Plus que moi? demanda-t-elle ardemment.

— Plus que toi, mais... pas comme toi.

— Ah!... fit-elle en fixant sur lui des yeux où toutes les interrogations se lisaient.

— Rappelle-toi, — s'il lui arrive malheur, tu mourras.

Et Saint-Germain se dirigea vers la porte.

— Paonèse!... ne t'en va pas, reste!... s'écria-t-elle en sortant à demi son beau corps de la baignoire de marbre.

— Rappelle-toi, dit-il.

Et il disparut.

Angiolina s'abandonna à un indescriptible mouvement de désespoir et de colère.

— Il ne m'aime plus! s'écria-t-elle.

Elle sonna et sortit du bain.

— Ah!... dit-elle, toute ruisselante de l'eau courant en gouttelettes limpides sur son corps nacré, et se regardant avec amour dans toutes les glaces qui tapissaient la salle jusqu'au plafond, et répétaient à l'infini cette Vénus plus belle mille fois que les créations de Phidias et de Praxitèle, — ah! elle n'est pas plus belle que moi, cette femme!... je l'en défie bien!...

Deux servantes entrèrent, l'enveloppèrent dans les plis nombreux d'une flanelle blanche comme la neige, et l'emportèrent comme un enfant.

Le comte de Saint-Germain revint chez Jeanne et la trouva habillée. Les événements qui, depuis sa fuite de chez sa mère avec Henri, s'étaient précipités, avaient donné à sa personne une assurance à laquelle se seraient certainement trompés les esprits superficiels; mais malgré la fermeté de son regard, malgré l'expérience acquise, à son insu, touchant bien des choses jusque-là restées lettres closes pour elle, un observateur ne se fût point mépris à la complète limpidité de son œil, à ce rayonnement enfin d'une âme pure et d'une conscience nette.

Habillée avec toutes les recherches de l'élégance, elle n'avait certainement plus l'air d'une jeune fille, c'était une véritable marquise, aussi coquette, aussi désirable que toutes ces belles pécheresses de haute noblesse qui grillaient d'envie d'attirer les regards et les hommages.

Saint-Germain lui prit la main.

— Viens, mon enfant, dit-il.

Jeanne se laissa conduire. Ils descendirent au rez-de-chaussée, de là dans la salle de marbre située au-dessous du sol, et s'engagèrent dans le vaste souterrain qui, jour et nuit, était éclairé dans tout son parcours, en prévision des caprices ou des désirs du roi.

— Où sommes-nous donc? ne put s'empêcher de demander Jeanne quand ils arrivèrent à l'extrémité, et avant de gravir les marches qui conduisaient aux salons de la Cour des Cerfs.

— Mon enfant, répondit le comte, tu es initiée aujourd'hui à un de ces petits mystères toujours trop nombreux dans les cours, lesquels échappent aux historiens et qui, bien souvent, leur seraient pourtant d'un grand secours pour expliquer de gros et sérieux événements enregistrés en aveugle. Dans cent ans, on traitera de fables et de calomnies les erreurs d'un roi qui, après tout, n'est point un méchant homme, et qui n'a eu qu'un tort, — celui de naître en France, au lieu de naître sur les bords du Gange et du Bosphore.

— Au haut de cet escalier, mon père, dit Jeanne, c'est le château de Versailles?

— Oui, mais garde-toi de jamais parler de ce souterrain, car il y va de la vie.

Et il mit un pied sur la première marche de l'escalier.

— Mais... où me conduisez-vous donc?

— Écoute, ma Jeanne bien-aimée, le jour est arrivé où nous devons lutter avec toutes nos forces; employer toutes nos ressources. Cependant je puis succomber, et je ne veux pas qu'après moi tu restes seule, défendue seulenent par l'affection de cette excellente baronne de Néris,—elle succomberait à la tâche la pauvre femme.

— O ciel... je crois comprendre...

— Oui, mon enfant, je vais te confier à... ta mère.

— Je vais voir ma mère !... fit Jeanne avec tout l'élan de son cœur en extase.

— Écoute, mon enfant, Dieu m'est témoin que j'aurais voulu retarder ce jour, et même qu'il n'eût jamais lui...

— Oh ! pourquoi cela, vous allez me faire connaître ma mère, celle qui m'a portée dans son sein, et vous hésitez à me donner cette suprême joie !...

— C'est que...! O ma Jeanne, j'ai trop parlé, je le vois... mais il en est temps encore...

— Je ne veux pas reculer, non, marchons, mon père, hâtons-nous...

— Jeanne, encore un mot, si ta mère...

— Eh bien?...

— Si c'était une de ces femmes qui, par ambition... ou pour un motif...

— Quelle que soit ma mère, ce n'est point à moi de la juger, mon cœur est à elle tout entier... Eh bien ! mon père, vous restez immobile malgré ce que je vous dis là...

— C'est qu'il y a encore une chose terrible à te dire, — et cette révélation va peut-être décider de notre avenir, à nous deux... Jeanne, ta mère et moi sommes ennemis.

— O ciel ! fit la jeune fille atterrée.

— C'est une haine qui remonte à de longues années, elle avait ton âge, et, de sa part, du moins, je doute qu'elle puisse s'éteindre.

— Même avec moi entre vous deux, mon père? demanda Jeanne avec le sourire et le regard d'un ange.

— Allons, que Dieu décide, dit Saint-Germain en mettant le pied sur la marche de pierre et en chassant loin de lui toute appréhension.

Ils montèrent résolûment.

Saint-Germain tenait toujours Jeanne par la main, et après avoir quitté la Cour des Cerfs, laissant à sa droite le vestibule du roi, il se présenta à l'une des portes du petit vestibule ouvert à côté de l'escalier conduisant à la salle appelée aujourd'hui des Croisades.

— Annoncez-moi, dit-il au valet qui se présenta.

La marquise de Pompadour était à sa toilette, à laquelle assistait la petite maréchale de Mirepoix ; M^me^ du Hausset allait et venait, tandis que les filles d'atour et M. Dagé, le coiffeur, se multipliaient. Elle sortait du lit, et l'on venait de lui apporter une tasse de chocolat exhalant les parfums les plus exquis, la vanille et l'ambre, à ce point que la maréchale fut obligée de reprendre son éventail à trois fois, tant ces vapeurs chaudes lui montaient à la tête.

— Comment pouvez-vous manger cela ! s'écria-t-elle,—c'est à se mettre le feu dans le corps!

— Excellent ! répondit la marquise dont les yeux brillèrent d'un éclat presque inusité.

Lorsque M. Dagé et les suivantes furent sortis, et qu'il ne resta plus que la seule M^me^ du Hausset, la maréchale se rapprocha.

— Ma toute belle, dit-elle avec le plus grand sérieux du monde, je vous ai vue manger hier, et, bien que nous fussions servis tous sans distinction, vous avez donné la préférence sur tous les mets, d'abord à un potage au céleri que j'ai voulu goûter et qui emportait le palais ; puis vous vous êtes bourrée de truffes, d'artichauts, que sais-je !...

— Ah ! fit la marquise avec un soupir, et lui lançant un coup d'œil à la dérobée.

— Et ce matin vous voilà au chocolat à triple vanille ambrée ! Cette chère du Hausset qui vous aime m'a dit que c'est comme cela depuis quinze jours !... savez-vous qu'avec un régime comme celui-là vous êtes capable d'en mourir.

— Eh ! que m'importe ! dit la marquise en repoussant le reste de sa tasse, et en se renversant dans son fauteuil en donnant les signes du plus vif chagrin.

— Quesnay m'en a parlé aussi ce matin, ajouta la maréchale.

La marquise se rapprocha et lui prit la main avec tristesse.

— Ma chère amie, dit-elle d'une voix étranglée, je suis dans une passe horrible. Jusqu'à présent j'ai cru compter sur le cœur du roi, et je le ramenais de temps à autre vers moi, mais... Ah ! c'est un homme terrible, je l'adore, et je voudrais lui être agréable... toujours...

— Puisque vous avez pris votre parti de ses escapades...

— Vous n'ignorez pas, ma chère maréchale, continua la marquise à voix basse et en jouant la plus pudique réserve, que les hommes mettent beaucoup de prix...

— Allons donc, on dirait que vous allez vous accuser d'un gros vilain péché !... fit la marquise en riant.

— Eh bien j'ai le malheur d'être d'un sang assez difficile à émouvoir, et...

— Et vous avez imaginé de prendre un régime échauffant pour réparer ce défaut capital ! c'est-à-dire que c'est monstrueux !...

— Et puis, cet élixir... continua la marquise en désignant sur sa toilette un flacon doré, — je compte beaucoup sur son efficacité...

— Misère! s'écria la maréchale en saisissant la fiole qu'elle déboucha et porta sous son nez... — Fi! l'horreur!

Et, sans donner le temps à la marquise de l'en empêcher et même de s'y opposer, elle la jeta dans la cheminée.

— Maréchale!... fit la Pompadour avec dépit, — vous allez trop loin!

— C'est vous qui allez trop loin au contraire, ma chère belle, ce n'est pas raisonnable!

La marquise se mit à pleurer tout de bon.

— Ah! ma chère, vous ne savez pas ce qui m'est arrivé il y a quinze jours. Le roi, sous prétexte qu'il faisait chaud, s'est mis sur mon canapé et y a passé la moitié de la nuit!... trop chaud, au mois de mars, est-ce vraisemblable!... Ah! maréchale, je le connais, je ne puis l'empêcher de regarder autour de lui, et le Parc-aux-Cerfs ne m'avait jamais fait peur, car il me revenait toujours, il semblait même me rechercher d'autant plus qu'il m'avait négligée davantage... mais à présent!...

— A présent, il y a une princesse au Parc-aux-Cerfs plus forte que les autres voilà tout, et c'est à vous d'y aviser.

— C'est ce que je veux faire en vérité! fit la Pompadour en grinçant ses belles dents.

— Mais surtout plus de régime échauffant, car il vous tuera.

— Je voudrais vous croire!

— Promettez-le-moi.

— Que vous a dit Quesnay à ce sujet?

— Quesnay est la raison faite homme, et la science infuse. Pour avoir ce que la marquise désire, a-t-il dit de ce ton demi-railleur que vous connaissez à ce diable de docteur, il faut avoir soin de se bien porter et, surtout, bien digérer. Pour bien digérer, il faut faire de l'exercice. C'est simple comme bonjour, mais pas pour des malades imaginaires comme vous qui ne croyez qu'aux fioles et aux médecins, pouah!

— Chère amie!... dit la marquise en embrassant la maréchale. — Ah! je suis bien inquiète, allez!... car ce n'est pas seulement les sens du roi qui sont en éveil en ce moment, c'est son cœur.

— Bah! quelle folie!

— Une nouvelle recrue de Lebel... oh! mais je verrai ce soir même cette fée invraisemblable, et si elle me semble dangereuse, il faudra bien qu'elle disparaisse!...

— Ma chère, Louis XV amoureux! le Louis XV que nous connaissons! allons donc!

— Ah! je sacrifierais ma vie pour lui plaire!

— En attendant digérez bien! fit la maréchale en riant et en se levant pour prendre congé en voyant entrer M^me de Néris et Mademoiselle, ainsi était désignée la fille de la favorite, absolument comme une princesse du sang, accompagnées du duc de Richelieu.

La présence de sa fille, si innocente, si gaie, — celle de la baronne, si sincère, si dévouée, ne ramenèrent pas le sourire sur les lèvres de la marquise. Elle se voyait bien presque délaissée. En effet, personne de ses nombreux courtisans ne venait ce matin assister à sa toilette, — savait-on déjà que depuis trois jours le roi ne lui avait pas fait la moindre visite?

Elle essayait de cacher sa contrariété, son dépit, ses terreurs sous les apparences du plus simple désintéressement; mais le duc, qui la connaissait bien, n'en était pas dupe : aussi, sous le prétexte le plus futile, trouva-t-il le moyen de se retirer au plus tôt.

Alexandrine était là, par hasard, et parce qu'elle avait couché au palais; mais la baronne demanda à la marquise ce qu'elle désirait, pour l'avoir invitée d'une manière si pressante à passer chez elle.

La Pompadour jura ses grands dieux qu'elle n'avait envoyé personne à M^me de Néris à cet effet; et toutes deux se perdaient en conjectures sur ce point, lorsque l'on annonça le comte de Saint-Germain.

— Voilà le mot de l'énigme, dit la marquise sans pouvoir cacher une subite et poignante émotion.

— C'est un malheur!... se dit-elle en portant la main à son cœur.

Le comte entra; il tenait Jeanne par la main : son regard et son front avaient la sévérité du Jupiter Olympien.

A cette vue, la marquise ferma les yeux et se renversa dans son fauteuil. Elle se crut perdue.

## IX

### JEANNE CHEZ SA MÈRE

— Grâce!... fit la marquise en joignant les mains vers le comte, car elle comprit tout à coup dans quel but il venait.

Jeanne ne savait que penser : placée entre les bras de la baronne et de la jeune Alexandrine qui venaient de l'embrasser avec toute l'effusion de leur cœur et de leur vive affection, elle regardait tour à tour le comte et chacune des personnes qui étaient là. Elle semblait inviter son père à ne pas prolonger plus longtemps l'horrible anxiété dans laquelle elle se trouvait.

— Madame, dit le comte en s'adressant à la marquise, savez-vous d'où nous venons, Jeanne et moi?

La Pompadour ne répondit pas, elle baissait la tête comme si elle s'attendait à recevoir un coup de hache.

— Il y a dans la rue Saint-Louis, à côté de l'hôtel de Néris, une maison qui appartient, je

Ah! s'écria Angiolina en se précipitant vers lui et tombant à genoux. (Page 62.)

crois, à... votre intendant, madame, au sieur Colin; c'est bien cela, n'est-ce pas? — Eh bien! depuis que Jeanne a disparu de l'hôtel de Néris, elle a habité cette maison.

— O ciel!... s'écria la marquise en se levant, plus pâle qu'une morte.

— Mais, grâce à Dieu, j'étais là; or, à présent, madame, c'est à vous de veiller sur votre fille.

Et en disant ces mots Saint-Germain poussa Jeanne dans les bras de la marquise.

— Vous êtes ma mère! s'écria-t-elle.

— Oui, mon enfant, oui, répondit la Pompadour en la couvrant de baisers.

Pendant qu'elles se tenaient embrassées, la baronne avait entraîné Saint-Germain dans l'embrasure d'une fenêtre.

— Monsieur, dit-elle avec force, vous me déshonorez!

— Non, madame, car je ne désire pas que rien de tout ceci devienne public. Jeanne restera votre fille aux yeux du monde : cependant je vous préviens que c'est à la condition qu'à l'avenir la marquise, et moi qui la dirigerai, nous aurons seuls le droit de disposer d'elle.

— Cependant, monsieur, vous semblez ignorer que je l'aime comme ma fille, et que rien ne se fera qui doive compromettre son bonheur.

— Madame, ne prolongeons pas cet entretien, je vous en prie, il n'aboutirait à rien de bon pour vous, d'abord, et Jeanne aurait à souffrir.

— Je ne crois pas, je n'accepte pas vos droits.

— Encore une fois, madame, restons-en là. Si je ne les avais pas, je les prendrais.

— Prenez garde, monsieur, car je sais jusqu'où va votre ambition.

— Puisqu'on vous l'a dit, alors vous devez savoir qu'un homme comme moi recule rarement devant les extrémités les plus fâcheuses; cependant, afin de vous éviter des démarches inutiles, je veux bien vous tranquilliser d'avance.

— Vous saurez donc qu'il y a dix-neuf ans, un certain Paonèse...

— Paonèse!... fit la baronne qui sentit tout à coup fléchir ses genoux.

— Oui, madame, reprit le comte en la soutenant, ce Paonèse s'était chargé autrefois d'ensevelir votre fille, pas celle-ci, la véritable, — et il l'avait emportée à cet effet; mais ce Paonèse, digne Italien, plein de scrupules, avait pris des témoins, et ces témoins ont rédigé entre eux une espèce d'acte d'inhumation... Ah! vous respirez mieux, je le vois, madame...

En effet, la baronne reprenait toute son assurance, en entendant parler de cet acte.

— Votre mari, continua Saint-Germain, faisait naturellement partie de ces témoins; si bien que subjugué par les scrupules de Paonèse il a signé la déclaration... Oui je vois que vous vous trouvez tout à fait bien, à présent, tant mieux...

— Tant mieux, car vous avez besoin de toutes vos forces pour entendre ce qui suivit. Cet acte, madame, vous l'avez trouvé parmi les papiers de votre ami, lors de sa mort, et, en mère prévoyante, vous vous êtes empressée de les brûler.

La baronne respira.

— Eh! quoi, une telle action, étant connue de moi, ne vous fait pas trembler, baronne, tant pis! — oui, tant pis, car je vois que vous ignorez que Paonèse avait eu soin de faire signer cet acte... en double.

A ce mot, la baronne devint pâle et regarda Saint-Germain avec des yeux hagards...

— Allons donc, madame, je savais bien que nous finirions toujours par nous entendre.

Et il revint vers la marquise, d'un pas grave et tranquille.

— Chère sœur! ma mère!... disait Jeanne en embrassant tour à tour Alexandrine et la marquise.

— Je savais bien, disait Alexandrine de la voix la plus suave du monde, qu'il n'était pas naturel d'aimer autant que je t'aimais!...

— Madame, dit Saint-Germain, vous savez quels sont mes projets, Jeanne est dans la confidence; — vous savez, en outre, quelle est ma volonté, Jeanne fera tout pour me complaire, n'est-ce pas, Jeanne?

— Oui, m...

— Mais elle s'arrêta en voyant le comte mettre un doigt sur ses lèvres.

Soudain le comte fronça le sourcil, et son œil se fixa dans l'espace.

— Que voyez-vous?... demanda la marquise avec anxiété.

— Je vois, madame, que le roi descend l'escalier qui conduit ici. Préparez-vous donc à le recevoir; mais rappelez-vous que Jeanne ne doit plus vous quitter et que vous en répondez.

— Soyez tranquille, monsieur! dit avec fermeté la marquise en tendant la main vers lui.

Saint-Germain la remercia froidement du regard et d'une inclination de tête; puis il se dirigea vers la porte. Mais Jeanne courut vers lui et l'embrassa avec toute la ferveur de son âme.

— Comme elle l'aime! se dirent du regard les deux dames.

— Mais quel est donc cet homme?... demanda la baronne.

— C'est le marquis de Montferrat, le dernier des Paléologues, lui répondit la Pompadour à voix basse.

— Mais... fit la baronne d'une voix étranglée.

— Oh! c'est bien son père... Voyez comme elle ressemble à Sylvio.

— C'est vrai!... et ce comte de Saint-Germain... quel abîme, marquise!

— Ah! le passé!... le passé, fantôme effrayant qui se dresse toujours devant nos yeux ou dans nos consciences.

Le marquis de Moléon entra. A la vue de ces quatre femmes réunies, il laissa échapper un soupir de soulagement et de satisfaction : en effet, il espérait trouver là, pour l'objet qui l'amenait, au moins une protectrice. Le comte de Joux espérait en l'amante d'Henri.

M^me de Pompadour, aussitôt le départ de Saint-Germain, avait voulu faire éloigner Jeanne; mais celle-ci, en voyant entrer M. de Moléon, en voyant surtout l'animation, ou, pour mieux dire, le bouleversement de ses traits, devina qu'il s'agissait d'un malheur et resta.

— Qu'y a-t-il donc, monsieur? demanda-t-elle d'une voix émue en traversant la chambre pour aller vers le nouveau venu.

— Mon fils a été arrêté et conduit à la Bastille.

— O ciel! fit Jeanne en adressant le plus éloquent des regards à sa mère.

— Que faire?... Je ne puis rien! dit la marquise qui entrait dans les vues de Saint-Germain, et jugeait convenable de laisser Henri provisoirement en prison, — quoique au fond du cœur elle tremblât de toutes les complications qu'elle entrevoyait.

Le roi amoureux de sa fille, — il y avait là, certainement, de quoi la bouleverser, car jamais elle n'avait pu penser à la possibilité d'un semblable malheur.

Mais Jeanne prit la direction de la conduite de tous avec une rapidité de décision qu'elle tenait évidemment de son père.

— Monsieur, dit-elle au marquis, éloignez-vous, que le roi ne vous voie point!

— Mais... voulut hasarder M. de Moléon qui ne savait si Jeanne allait être une amie ou une ennemie, — car, à lui aussi, la tête tournait.

— Le roi vient, sauvez-vous! fit-elle en le poussant.

— Jeanne, sauve-le! s'écria le marquis d'une voix suppliante.

— Je le sauverai, dit Jeanne, si le comte de Joux ne m'abandonne pas.

— Jeanne!... fit le marquis d'un air effaré, en disparaissant au plus vite.

— Et toi, Jeanne, dit la marquise, il ne faut pas que le roi te voie non plus.

— Au contraire, ma mère, répondit simplement la jeune fille en refermant la porte : puisque je dois à présent rester sous votre protection, il faut bien que, dès le premier jour, on sache à quoi s'en tenir... je parle de tout le monde.

Et en prononçant ces mots, Jeanne regarda M^me^ de Pompadour dans le blanc des yeux; ce qui convainquit celle-ci de la connaissance qu'avait sa fille de la nature de ses rapports avec le roi.

M^me^ de Néris, sur un signe de son amie, avait emmené Alexandrine.

Quand le roi entra, il eut comme un éblouissement ; il était si loin de s'attendre à voir ces deux femmes ensemble!

Toutes deux le reçurent en souriant; mais dès qu'il se fut remis, il ne fut pas difficile au monarque de s'apercevoir de la contrainte qui régnait sur leurs visages. Sa première pensée avait été de fuir; mais cette contrainte l'avait un peu rassuré. Il se prépara néanmoins à subir un furieux assaut, et se demanda, en s'asseyant sur le fauteuil que lui avança la marquise, jusqu'à quel point ces deux femmes qui, pour lui, représentaient si admirablement le passé et l'avenir, pouvaient s'entendre ou se haïr.

— Votre Majesté ne sera pas surprise, dit M^me^ de Pompadour, du désir que j'ai eu d'appeler M^lle^ de Néris auprès de moi, dès que j'ai appris par quelle étrange erreur elle avait été conduite...

— C'est vrai, dit le roi en se rassurant, elle est votre filleule.

— Mieux que cela, sire, fit Jeanne en embrassant tendrement sa mère...

— Oui, reprit le roi, une amie sincère. Je connais le cœur de la marquise, et si elle vous aime, elle vous aime bien.

— Depuis longtemps, répondit la Pompadour en rendant à sa fille son baiser.

— Mais jusqu'à présent, dit le roi qui s'enhardissait tout à fait, cette chère baronne avait élevé sa fille en véritable recluse au milieu de Versailles, la ville la plus mondaine du globe, au point qu'elle ne connaît pas la cour, où sa naissance lui donne entrée, et qu'elle n'avait jamais vu le roi, — chose que le plus mince bourgeois ne se refuse pas!

— La baronne me l'a confiée, sire, et nous allons changer de manière d'être, car je comptais vous demander de vouloir bien la présenter demain à la reine.

— A la reine! s'écria le roi, — c'est chose faite, ajouta-t-il aussitôt en se ravisant.

— Sire, reprit à son tour Jeanne, je vous remercie du fond de cœur de la bienveillance que vous daignez me témoigner en cette circonstance; mais si ma m... ma marraine le permet, je désirerais que cette présentation eût lieu ce soir même.

— Soit, dit le roi.

— Mais pourquoi tant de presse? demanda la Pompadour.

— Parce que je suis désireuse de voir régulariser la position que je dois occuper à la cour, répondit Jeanne en lançant un coup d'œil de côté au roi.

— Il n'est rien, mademoiselle, répliqua le roi, à quoi vous ne puissiez prétendre, et je suis tout disposé, et la reine partagera mes sentiments, — à accorder à votre mère une des charges les plus enviées.

— C'est bien pour ma mère, sire, elle est par sa naissance et par sa loyauté à la hauteur de toutes les positions ; mais...

— Mais...

— Mais, ma marraine et moi nous avons à traiter avec Votre Majesté une affaire d'une importance considérable.

— Laquelle? demanda curieusement le roi, car il ne se faisait guère de scrupules de satisfaire les dames, même dans leurs demandes les plus extravagantes.

— Sire, ma marraine et moi nous intéressons très-vivement à un projet qui vous a été confié... n'est-ce pas, madame?...

— Oui, certainement, répondit la marquise, cédant à l'influence de sa fille, quoiqu'elle fût fort troublée.

— Voyons, reprit le roi, expliquez-vous, mon enfant, vous savez quel est mon vif désir de vous complaire.

— Eh bien! sire, il s'agit du projet dont vous a parlé M. de Saint-Germain.

— Il n'est pas possible! fit le roi stupéfait.

— Sire, ce projet est gigantesque et splendide, et il est de votre gloire d'y prêter les mains... n'est-ce pas, ma... marraine?...

— Oui, oui, répondit la Pompadour.

— Ah! çà, fit le roi riant, — vous me surprenez étrangement, marquise!... Quoi! il y a quelque jours, vous m'avez détourné de cette affaire en m'en faisant remarquer les obstacles, et à présent... vous êtes une adorable girouette, savez-vous!

— Sire... fit avec sévérité la marquise, que cette familiarité mettait mal à l'aise, vis-à-vis de sa fille.

Le roi reprit d'autant plus vite sa réserve qu'il s'aperçut de sa faute; car s'il voulait avoir la filleule, il ne fallait pas montrer trop de galanterie pour la marraine.

— Ainsi donc, mademoiselle, reprit-il, vous voulez voir M. de Saint-Germain empereur d'Orient.

— Oui, sire.

— Et vous me direz quel est l'intérêt personnel que vous avez à la réalisation de ce rêve?

— Oui, sire.

— Et vous, marquise, vous m'engagez aussi, cette fois bien sérieusement, à me lancer dans cette affaire?

— Je vous en prie, sire, fit la marquise sur un regard de sa fille.

— Eh bien! soit, dit le roi en se levant, je vais, de ce pas, faire assembler, pour dans une heure, mon conseil des ministres.

Et il salua les dames avec sa grâce habituelle, après quoi il leur baisa la main avec la plus exquise soumission.

— Allons, dit-il gaiement, vous verrez que je vais devenir, grâce à vous, un très-grand roi de France; que je vais effacer tous mes aïeux; et qu'on me canonisera peut-être aussi, comme notre ancêtre direct monsieur saint Louis!

A ce mot, la marquise n'y put tenir, elle partit d'un éclat de rire que le roi fit taire d'un regard si sévère qu'elle en trembla de tout son être.

Jeanne, de son côté, avait souri, mais le roi n'en vit rien, tant il redoutait de chercher le regard de cette jeune fille pour l'amour de laquelle il commençait à regretter très-sincèrement, — en cet instant, — de n'être point réellement un modèle de toutes les vertus.

— Ah! fit-il en se ravisant, il faut écrire au comte de Saint-Germain, ma chère marquise, vous aurez plus tôt fait cela, vous, qu'aucun de messieurs mes secrétaires d'Etat.

— Et que lui dirai-je, sire?

— Eh bien! qu'il nous amène sa fille, qu'il la prépare à être présentée à la reine, par exception, d'ici à deux heures, et à épouser demain M. le duc de Chartres.

Le roi sortit, et dans le bruit que fit la porte en s'ouvrant et se refermant, il n'entendit pas l'exclamation sourde et désolée qui s'exhala de la poitrine de Jeanne à ses derniers mots.

— Qu'as-tu, mon enfant? demanda la Pompadour en se précipitant vers elle.

— Mon père m'avait dit d'espérer.

— Malheureuse! si le roi avait entendu ton cri, il eût compris à quel sentiment tu cédais, et Henri était perdu.

— Mais, vous, ma mère, espérez-vous donc me voir un jour sa femme?

— Oui, puisque tu l'aimes tant... Ah! que n'ai-je pensé ainsi plus tôt!... mais j'étais dominée par le désir de te voir riche, je ne te connaissais pas, mon enfant, bien que je ne t'aie jamais perdue de vue; je pouvais te supposer frivole et superficielle comme la plupart des jeunes filles de nos jours... vois Alexandrine, ta sœur... eh bien! elle épousera le premier venu, elle, M. Pinson, si je veux.

— Elle est si jeune!

— Mais je vais te laisser ici avec elle, je monte chez le roi, il m'a laissé parfois la faculté d'entendre, cachée derrière une mince cloison, ses conférences avec ses ministres....

aujourd'hui, qu'il s'agit de toi, je veux écouter plus que jamais.

— Oui, je comprends, le roi veut me faire épouser un prince, afin d'entraîner forcément l'assentiment de ses conseillers.

— C'est cela.

— Ah! ma mère, dit naïvement Jeanne, — car, malgré la précocité de sa raison et la force de sa volonté, elle avait toutes les candeurs d'un enfant, — si mon père réussit, vous quitterez cette cour, j'espère, et vous vous laisserez faire impératrice d'Orient.

— Ah!... fit sourdement la marquise en pressant sa fille dans ses bras et lui fermant la bouche d'un baiser, — tais-toi, enfant, tais-toi!...

Et la mère coupable, cachant sa rougeur dans le sein de son enfant, pleura les larmes amères écloses sous ce reproche innocent, — la pauvre Jeanne ignorait et le double adultère et, sans doute, l'existence de M. d'Etioles.

— Jeanne, ta toilette n'est peut-être pas assez riche pour la présentation à la reine, dit la marquise afin de détourner son attention, — si je te...

— Non, dit douloureusement Jeanne, je voudrais mourir.

— Toi, mourir, folle!...

— Si le roi le veut... si mon père ne peut parer à ce coup, et réussir, comme il me l'a fait entrevoir, sans me condamner au malheur... que devenir.

— Nous en reparlerons tout à l'heure... Tu as raison, il faut songer à cela! Ah! et moi qui oubliais d'écrire au comte.

La marquise écrivit quelques lignes, plia la lettre et l'emporta.

Restée seule, Jeanne se jeta dans un fauteuil et se mit à fondre en larmes. Elle ne prévoyait pas la fin de ses tourments.

La baronne et Alexandrine accoururent lui porter leurs consolations; mais, malgré la force et le courage que pouvaient lui donner ces deux cœurs dévoués, une sorte de fièvre s'empara de la pauvre Jeanne.

C'était elle qui, à son tour, allait se trouver clouée sur le lit de douleur; et au milieu des frissons et du délire elle se disait, avec désespoir, qu'Henri ne serait point là pour la guérir, comme elle avait espéré, elle, ramener par sa vue et ses soins la raison de son amant.

En revenant des appartements du roi et retrouvant son enfant dans cette douloureuse situation, la marquise courut elle-même chez Saint-Germain, car le docteur Quesnay ne se fiait qu'au temps et à la force de l'âge pour combattre cette maladie, — elle sentait que le comte seul aurait le pouvoir de sauver leur enfant. N'avait-il pas déjà fait des miracles?

Elle fut introduite dans le petit salon que nous connaissons, pendant que l'on allait prévenir le comte de sa visite. Elle demeura tout d'abord frappée de la ressemblance de sa fille avec le portrait de l'impératrice Yolande; mais son attention fut bientôt détournée par un bruit léger qui se produisit à sa droite.

La marquise porta les yeux de ce côté et vit une jeune femme qui, du bout de ses ongles roses, frappait sur les vitres de la porte-fenêtre donnant accès au jardin d'hiver.

— Louise Damiens! s'écria-t-elle en la reconnaissant, — oh! c'est vrai, j'avais oublié qu'elle était ici!... J'ai été bien ingrate... car le comte m'a sauvée en cette triste circonstance.

— Ouvrez-moi donc! fit la jeune femme avec impatience.

— Mais il m'avait dit qu'elle était folle!... continua la marquise en l'examinant à travers les vitres.

En ce moment sans doute la malheureuse Louise n'offrait aucune apparence de démence; car la marquise ouvrit la porte sans nulle appréhension, et mue seulement par un excessif désir de curiosité.

— Ah! madame de Pompadour!... fit Louise avec satisfaction.

— Elle me connaît!... s'écria la marquise, se repentant déjà d'avoir ouvert.

— Vous venez me chercher, n'est-ce pas? il veut me voir... mais mon fils, je ne puis lui présenter mon fils, il est mort!...

— Malheureuse! fit la marquise avec pitié.

— Il est mort, on me l'a tué, car il paraît que les enfants de cet homme doivent tous mourir.

— Que dites-vous là!... s'écria M$^{me}$ de Pompadour effrayée.

— Oh! je sais bien des choses, moi! dit Louise en mettant son doigt sur sa bouche et en écoutant dans toutes les directions.

— Parlez, parlez... fit la marquise avide de découvrir un secret quelconque.

— Mais vous n'en direz rien?...

— Soyez tranquille.

— Eh bien! on vous a tous trompés... mon enfant est né, c'est vrai, avec toutes les apparences de la mort, mais il vivait!

— Ah! fit la marquise avec explosion, — qu'est-il devenu? qu'en a-t-on fait?... Êtes-vous sûre qu'il l'ait tué?...

— Lui, le Seigneur, oh! ce n'est pas lui... il en est innocent...

— Mais expliquez-vous mieux, par grâce! de qui parlez-vous? quel est ce seigneur?...

— Écoutez, le Seigneur a dit à un vilain homme, à Orscolo : il me faut un enfant... Orscolo a répondu : — Je l'ai depuis plusieurs jours... et ce n'est que lorsqu'il a été égorgé...

— Égorgé!... fit la marquise avec horreur.

— Ce n'est qu'après avoir recueilli tout son sang, que cet infâme Orsclo a avoué au Seigneur que cet enfant était le mien!

— Quel mystère!...

— Et celui du roi! reprit Louise avec force, — celui du roi!

— Tais-toi!...

— Ah! vous voulez me perdre, vous!... m'enfermer à la Bastille! mais je ne vous crains pas... non, c'est au Seigneur que vous en voulez... mais qui êtes-vous donc, je ne vous connais pas!...

— Elle me fait peur... murmura la marquise qui essaya de s'échapper, car elle ne reconnaissait que trop, à présent, que cette malheureuse était bien folle.

Cependant une réaction terrible venait de se faire dans tout l'être de cette créature, bien belle encore malgré sa triste situation, — elle semblait frappée de la foudre et demeurait immobile... puis, désignant la porte par laquelle la marquise avait été introduite, elle se mit à marcher à reculons, lentement et comme si elle obéissait à une volonté invisible.

— Il vient! il vient!

Elle traversa la porte-fenêtre, descendit le perron, et disparut derrière les grands cactus du jardin.

La marquise se hâta de refermer la porte sur elle, et elle se disposait à quitter cette pièce, lorsque la porte principale s'ouvrit : le comte de Saint-Germain entra.

— Lorsqu'on m'a annoncé votre visite, marquise, dit-il aussitôt, j'ai cherché quel en était le but avant de descendre vers vous, et j'ai *vu* que Jeanne était malade. Elle a une fièvre horrible. Pour la calmer, dites-lui que M. de Moléon est sorti de la Bastille; si la fièvre résiste, vous la laisserez agir jusqu'à demain, — et demain matin, dès dix heures, vous lui ferez boire cette potion, d'heure en heure, en quatre doses.

— Ceci? fit la marquise en considérant la fiole que lui tendait Saint-Germain avec une certaine répugnance.

— En quatre fois, d'heure en heure, rappelez-vous.

— Et notre enfant sera sauvée?

— Oui, mon enfant sera sauvée, — vous dites bien, car elle est en danger de mort, ou, ce qui est pire, peut-être elle deviendrait folle.

La marquise jeta un coup d'œil rapide vers le jardin, et l'idée que Jeanne pouvait être frappée comme l'était la malheureuse Louise l'épouvanta. Elle serra la fiole et se dirigea en toute hâte vers la porte.

— Marquise, dit le comte en l'arrêtant, vous avez entendu les ministres, et vous ne me dites rien! — vous avez su, je pense, comme je l'ai fait d'ici, peser la valeur des mauvaises raisons dont ils ont accueilli l'ouverture faite par le roi?

— C'est vrai.

— Cela tient à ce que cette entreprise leur a apparu tout à coup avec ses complications, au lieu de leur montrer le but, dégagé de ses obstacles. Il eût fallu les préparer d'avance, leur faire toucher du doigt le succès, les intéresser, leur faire envisager les avantages qu'ils y trouveront, même personnellement... tout cela était dans mon plan; mais cette fatale entrée de Jeanne au Parc-aux-Cerfs m'a tout fait précipiter. Dieu veuille que l'égoïsme des uns et la lâcheté des autres ne me soient pas des obstacles plus insurmontables que ceux que la nature, la diplomatie et les armées m'opposeront.

— Comte, si vous me promettez de laisser M. de Moléon épouser Jeanne, je vous promets de m'atteler à votre projet et de le faire triompher.

— Votre ami, M. de Choiseul, est Autrichien de cœur et d'idées.

— Qu'importe! n'êtes-vous pas le père de Jeanne?

— C'est qu'Antoinette a bien haï autrefois le malheureux Sylvio.

— Antoinette est aujourd'hui une vieille femme qui calcule et qui aime saintement. Autrefois elle était folle.

— Oui, elle a bien changé c'est vrai, dit Saint-Germain avec amertume. — Eh bien! vrai, marquise, vous avez bien haï et bien trompé ce pauvre Sylvio, et pourtant je vous préférais ainsi.

— Ah! l'ambition!... l'ambition!... s'écria la Pompadour avec douleur.

— A qui le dites-vous!...

— Tenez, marquise, voulez-vous que je vous dise encore une chose qui a toujours étonné ylvio?... Oui, n'est-ce pas? — Eh bien! c'est u'Antoinette, avec son énervante ambition, 'ait pas cherché à supprimer l'obstacle faible t sans racines qui la sépare du trône...

— Taisez-vous!... fit la Pompadour en frissonnant de la tête aux pieds, effrayée qu'elle tait de la perspicacité de cet homme étrange ui savait si bien lire dans sa pensée.

— Vous n'en avez jamais eu la force, belle narquise, vous n'êtes pas méchante! Je vous ime mieux ainsi... mais ne venez plus nous arler d'ambition!... L'ambitieux, voyez-vous, sacrifie tout, il trempe ses mains dans son prore sang... il veut réussir à tout prix.

— Oh! vous épargnerez Jeanne!... s'écria la marquise, qui vit tout à coup se dresser devant ses yeux comme l'apparence fugitive d'un enfant dont la gorge montrait, béante, une large plaie sanglante.

— Il faut que Jeanne épouse le duc de Chartres... après, nous verrons... je lui ai promis qu'elle serait heureuse... et elle le sera.

La marquise partit soulagée, quant à Jeanne, mais invinciblement sa pensée était sans cesse ramenée vers Louise Damiens.

— Les fous disent parfois la vérité, murmura-t-elle en rentrant au palais.

## X

### L'EMPOISONNEUSE

La fièvre de Jeanne ne se calmait pas, et la nuit promettait d'être mauvaise.

Alexandrine d'Etioles, malgré la faiblesse de sa constitution et sa chétive santé, fit preuve d'un courage et d'une force extraordinaires; elle ne voulut jamais consentir à quitter sa sœur d'un instant, — et ce fut à peine si l'on put obtenir qu'à minuit elle voulût prendre un peu de repos.

Mais au point du jour elle était sur pied et avait repris son emploi dévoué de garde-malade. Cette charmante enfant, si inaccessible jusque-là à la douleur, semblait commencer une nouvelle existence, et Mme de Pompadour ne cessait de partager ses baisers entre elle et les mains de la malade.

La marquise était même sublime en ce moment, — elle allait jusqu'à souhaiter d'emporter ses deux enfants loin de la cour, et de s'enterrer avec elles dans un obscur village.

Le roi, depuis la veille, envoyait Lebel d'heure en heure pour avoir des nouvelles de Jeanne.

— Quand la reine ou moi sommes malades, ne pouvait s'empêcher de remarquer la Pompadour, il faut que nous lui envoyions nous-mêmes un écuyer.

A dix heures, la première dose de la potion fut donnée à Jeanne qui en éprouva immédiatement un mieux sensible.

La marquise, tranquillisée par ce résultat, monta chez le roi; — elle ne voulait pas le laisser se refroidir à l'intention de Saint-Germain.

Il y avait quelques minutes à peine qu'elle avait quitté l'appartement, lorsque l'on annonça la princesse Tadolini.

Alexandrine quitta Jeanne pour aller la recevoir et la congédier.

Mais la princesse, en apprenant la maladie de Mlle de Néris, demanda si instamment à la voir, elle versa si à propos quelques bonnes larmes, si promptes à sortir d'un œil habitué aux tromperies, surtout quand cet œil a vu le jour en Italie, — le pays où la femme sait le mieux tromper, — elle assura si bien l'innocente Alexandrine de la certitude de ramener Jeanne à la santé, que celle-ci, remplie d'espérance, l'introduisit dans la chambre où Jeanne reposait d'un sommeil brûlant et spasmodique.

La Tadolini était si majestueusement belle, le timbre de sa voix était si pur, ses yeux si éloquents qu'il eût fallu une âme aussi bronzée que la sienne pour se défier de ses séductions.

Alexandrine, la pauvre enfant, ne voyait en elle qu'une Italienne, amie de la marquise, possédant peut-être quelque amulette sacrée bénite par le pape, une relique dans son scapulaire, ou une recette de Bohême.

La Tadolini, ou plutôt la Marozia, ne voyait dans la blanche jeune fille étendue sur ce lit de douleur que la rivale de sa fille, — la bien-aimée du roi, celle qui allait empêcher le Pactole de couler dans ses coffres.

En entrant dans cette chambre, elle dirigea du côté de Jeanne un regard de panthère, aigu comme un stylet, froid comme l'acier et qui eût fait tressaillir d'effroi celle qui l'eût surpris au passage.

Elle avait cependant en elle quelque chose qui eût dû avertir; mais Alexandrine n'était qu'une enfant de quinze ans, innocente et pure comme l'oiseau.

L'Italienne s'approcha du lit avec tout l'effervescent empressement des gens de sa nation, et adressa à la malade les plus aimables paroles. Celle-ci ne paraissait pas les comprendre, et regardait la princesse avec des yeux fixes et hagards, comme si elle voulait échapper à un danger imminent.

La Tadolini subissait bien la ténacité de ce regard; mais elle ne s'en inquiétait que pour chercher à la mieux tromper.

L'heure était venue d'administrer à Jeanne la seconde dose de la potion.

Alexandrine se chargea de ce soin avec tout l'empressement de l'amour fraternel; mais quand elle approcha du lit portant la tasse renfermant ce breuvage sauveur, Jeanne la repoussa avec une énergie désespérée.

— Non!... fit-elle, — et elle retomba, inerte, sur son oreiller.

— Je vais la lui faire prendre, moi!... dit avec la plus adorable bienveillance la belle Italienne.

Et elle retira la tasse des mains d'Alexandrine qui la laissa faire, — car elle était à bout de supplications et de prières.

— Envoyez chercher votre mère, dit la Tadolini, — si elle me refuse, peut-être n'osera-t-elle pas la repousser, elle!

— C'est vrai! dit la jeune fille et elle courut vers la porte qu'elle ouvrit.

Pendant ce temps, la Tadolini s'écarta du lit et, placée en dehors du rayon visuel de Jeanne, saisit dans son corsage un petit flacon; elle le déboucha rapidement avec son pouce, en versa le contenu dans la tasse, et se rapprocha de Jeanne.

Lorsque Alexandrine revint auprès du lit, sa sœur refusait plus énergiquement que jamais de boire la potion.

La princesse posa la tasse sur la cheminée et s'assit en silence. Alexandrine prit le tremblement qui l'agitait pour l'impatience causée par les efforts tentés vainement auprès de la malade.

Bientôt, la Marozia partit, non sans avoir eu l'effroyable courage de baiser la main de la malheureuse à qui elle venait de verser la mort.

Alexandrine accompagna la princesse jusqu'à la porte et revint aussitôt vers sa sœur. En la voyant plus calme, et sachant combien il était urgent que Jeanne prît sa potion, elle alla chercher la tasse et se rapprocha du lit.

— Bois, ma sœur! dit-elle avec toutes les grâces de sa voix d'ange.

— Non! répéta avec force Jeanne dont les yeux brillaient d'un éclat surprenant.

La marquise rentra à ce moment et s'élança avec inquiétude vers le lit.

— Maman, elle ne veut pas boire, la méchante! dit Alexandrine.

— Tu veux donc m'empoisonner!... fit Jeanne avec force.

— Moi! s'écria la jeune fille, les larmes aux yeux et rouge d'indignation.

Et pour toute réponse elle porta la tasse à sa bouche et la vida d'un trait.

— Alexandrine! fit la Pompadour avec effroi, — car une potion salutaire pour un malade peut souvent être fort nuisible à une personne en bonne santé.

— Il y en a encore! repartit gaiement mademoiselle d'Etioles, en se hâtant de verser dans une autre tasse la moitié de la liqueur restant dans la fiole, qu'elle apporta à la malade.

— Et maintenant, tu boiras, j'espère!

Jeanne, vaincue par les prières, consentit, — et quand midi sonna elle avait bu tout le contenu de la fiole. Ce n'était pas tout à fait la quantité exigée par Saint-Germain; mais néanmoins, deux heures après, la fièvre avait complétement disparu. Elle n'avait gardé que sa douleur.

Cependant, au fur et à mesure que Jeanne était revenue à la santé, Alexandrine avait semblé succomber à un malaise étrange.

Elle commença par se plaindre de douleurs de tête insupportables, qu'on attribua avec assez de vraisemblance à la fatigue; — puis, ces lourdeurs furent accompagnées d'une paralysie presque complète des jambes.

La marquise, épouvantée, envoya chercher Quesnay qui devait être au palais et le comte de Saint-Germain qui était chez le roi.

— Vous direz que ma fille se meurt! cria-t-elle aux messagers.

Jeanne quitta son lit, malgré la marquise, c'était à son tour de se dévouer pour sa sœur, d'ailleurs elle se sentait tout à fait forte.

Au moment où le docteur et Saint-Germain entrèrent, Alexandrine portait ses deux mains à sa poitrine et la serrait convulsivement.

— Il me semble, dit-elle, que mon cœur va éclater...

Le docteur prit la main de la jeune fille, et Saint-Germain, en voyant Jeanne debout, lui tendit les bras en adressant au ciel une prière de merci.

— Je croyais que c'était toi! dit-il.

— Comte, comte, s'écria la Pompadour en lui saisissant le bras, — Jeanne est sauvée par vous, mais celle-là... Vite hâtez-vous, vous verrez peut-être mieux et plus loin que le docteur, vous!...

— Mon cher comte, dit Quesnay, cela déroute toute ma faible science, — à vous qui êtes le maître, à vous de prononcer.

Saint-Germain releva la tête de M^lle d'Etioles, et plongea son regard noir et dur dans l'œil limpide de l'enfant qui, — sachant qu'il avait guéri sa sœur, — le regarda comme elle eût contemplé Dieu.

Tout à coup le comte tressaillit et, se reculant vivement, considéra avec stupeur M^lle d'Etioles, puis regarda d'un air effaré tous les assistants.

— Ah!... fit-il avec l'accent de la plus effroyable épouvante, — c'est horrible!...

— Qu'y a-t-il? demandèrent-ils tous.

— Docteur, docteur, l'émétique! hâtez-vous! répondit Saint-Germain en prenant la marquise par la main et l'entraînant dans le salon voisin.

Ah!... dit-elle, en se rassurant, — s'il venait ce soir!... (Page 64.)

— O ciel, comte, qu'allez-vous m'apprendre?... s'écria la Pompadour.

— Madame, votre fille est empoisonnée.

— Ah!... cria la favorite en rentrant précipitamment, et comme une folle, dans la chambre où râlait déjà la pauvre enfant.

— Ma fille, ma fille!... s'écria-t-elle en voyant les yeux d'Alexandrine qui déjà devenaient ternes, — regarde-moi, parle-moi.

— Ma mère... murmura Alexandrine d'une voix si faible qu'à peine on l'entendit.

Le docteur administrait l'émétique; mais ses effets furent absolument négatifs.

— O mon Dieu!... s'écriait la marquise, est-ce le commencement des châtiments?

Jeanne se jeta dans ses bras, — mais elle la repoussa pour se prosterner aux pieds d'Alexandrine.

— Si jeune! si belle! dit-elle avec des sanglots déchirants.

— Ah! ma mère... dit Alexandrine, voyez-vous, je n'étais pas forte, vous le saviez bien, le bon docteur l'a dit souvent... c'est la joie de voir Jeanne sauvée... oui, la joie m'a tuée... Aimez-la bien, aimez-la comme vous m'aimiez... mieux, car elle le mérite plus que moi!...

— Tais-toi, pauvre ange, ne dis pas cela, tu me brises le cœur!...

— Quelle douce soirée commence... Ah! je ne souffre plus... oui, c'est comme si j'allais me réveiller dans le sein de Dieu... ma mère, il y a des anges autour de nous, ne sentez-vous pas le doux battement de leurs ailes... leurs voix m'appellent... oui, oui... je vais à vous!...

— Malheureuse mère!... fit la marquise en pressant convulsivement ses deux genoux inertes contre sa poitrine, et essayant de réchauffer sous ses baisers brûlants ses deux petites mains déjà froides et bleuissantes.

— Ma mère... je croyais que cela faisait plus de mal pour mourir... je ne souffre que de vous quitter... Ah!... c'est si beau les arbres du bon Dieu, les petits oiseaux du ciel, le soleil, la vie!... C'est si bon d'avoir une sœur, une mère... je prierai pour vous...

Alexandrine renversa de côté sa blonde tête et son doux visage, devenu tout à coup calme et rayonnant comme celui d'une sainte, entouré de son auréole d'or, conserva l'empreinte de l'âme innocente et pure qui, pendant de si courtes années, avait animé ce corps si gracieux.

— Elle est morte!... s'écria la marquise en tombant à la renverse dans les bras de Jeanne agenouillée auprès d'elle.

On n'entendit pendant quelques instants dans cette chambre que les sanglots de la mère et de la sœur, — pleurant cet ange si vite enlevé à leur amour, qui, au milieu de toutes les conditions du bonheur, n'avait paru sur cette terre que pour y souffrir, et dont un événement, aussi inattendu qu'épouvantable, avait précipité peut-être les derniers battements d'un cœur prédestiné à s'éteindre jeune.

Le docteur Quesnay ne pouvait croire à un empoisonnement; car, bien que Saint-Germain ne lui eût point fait le terrible aveu qu'il n'avait pas craint de jeter dans l'âme de la marquise, il avait eu d'abord cette pensée; il connaissait depuis longtemps le tempérament de la jeune fille, la faiblesse de ses organes, le travail de désorganisation qui ruinait sa poitrine, les palpitations anormales qui soulevaient son cœur en des bonds parfois prodigieux; — et il opinait pour un étouffement subit, provoqué par la douleur et la fatigue.

Saint-Germain voulut s'approcher de la marquise; mais celle-ci le repoussa, elle repoussa bientôt Jeanne. Elle semblait voir en ces deux êtres les instruments de sa douleur et de son supplice, et voulait se soustraire aux calamités que, peut-être, ils recélaient encore en eux pour l'avenir.

Cependant ce mouvement fut de courte durée : le désespoir où la jetait l'enfant perdu lui fit sentir le prix de l'enfant qui restait, et elle rouvrit ses bras à Jeanne.

— Comte, dit-elle ensuite, retournez auprès du roi; mais dans une heure il faut absolument que je vous parle.

Saint-Germain quitta lentement cette chambre funeste. Il lui semblait que ce malheur ne serait pas seul, et qu'il allait désormais reprendre la vie agitée et sanglante du proscrit byzantin.

Lebel en venant, d'après les ordres du roi, chercher un bulletin de la santé de Jeanne, avait entendu retentir dans les salons et les antichambres ce cri lugubre : — Elle est morte!

Il n'en demanda pas davantage et remonta chez le roi; mais en ce moment le monarque était à confesse. Louis XV était fort dévot; il ne se serait jamais couché, dans aucune circonstance, même les moins édifiantes, sans avoir fait ses prières; il allait même jusqu'à faire réciter le chapelet aux néophytes admises à ses petits soupers.

Lebel avait bien reçu l'ordre de lui apporter des nouvelles de Jeanne, même en conseil des ministres; mais le tribunal de la pénitence n'avait pas été prévu. Il attendit.

— Eh bien? lui demanda le roi en quittant son confesseur, et sans remarquer l'air de tristesse que le valet de chambre avait cru devoir prendre pour la circonstance.

— Sire, M^lle de Néris...

— Achève!... fit le roi qui eut tout à coup comme un éblouissement.

— Elle est morte!...

— Morte!... Jeanne morte! s'écria le roi en donnant des signes du plus violent désespoir — à la grande stupéfaction de Lebel qui n'avait jamais pris son maître en flagrant délit de sensibilité.

Mais une voix retentit derrière le roi qui calma, comme par enchantement, l'effet de cette horrible nouvelle.

— Non, sire, Jeanne n'est pas morte! dit Saint-Germain.

— Ah! comte, vous me rendez la vie! s'écria le roi en saisissant avec effusion la main du nouveau venu, et en l'entraînant dans son cabinet.

Nous allons laisser, pour quelque temps, ces divers personnages en présence, pour nous reporter vers d'autres qui, pour être moins brillants, ne méritent pas moins tout notre intérêt.

Pendant qu'Henri de Moléon était dans la chambre de Jeanne, le lecteur se rappellera que M. Melchior Pinson était resté dans le jardin de la maison du Parc-aux-Cerfs, où, caché derrière un gros arbre, il appréhendait à chaque instant de se voir découvert. Il ne tarda pas à s'impatienter et se dit qu'il était venu en ce lieu redoutable pour tâcher de voir ou de délivrer, — en admettant qu'elle y consentît, — M^lle^ Rose Picard; c'est pourquoi, après s'être longtemps défendu de cette indiscrète injonction, il prit le parti d'examiner les autres chambres.

A cet effet, il voulut décrocher l'échelle de cordes, mais, en touchant ses échelons, il réfléchit et pensa que peut-être Henri s'oubliait là-haut et qu'il pouvait fort gravement se compromettre. D'ailleurs, il se sentait piqué d'un certain petit sentiment de jalousie; car il ne pouvait oublier que M^lle^ de Néris avait dû être sa femme. En conséquence, au lieu de décrocher immédiatement l'échelle, il en gravit résolûment les échelons et arriva bientôt à fleur du balcon.

Il se haussa encore un peu et plongea dans l'appartement, où il aperçut très-distinctement Jeanne et Henri; mais presque aussitôt une porte s'ouvrit, — et, à la vue du personnage qui entra, Pinson fut saisi d'une si grande frayeur, que ses yeux se fermèrent et que ses mains faillirent lâcher l'échelle.

Nous avons vu précédemment quel était ce personnage.

Pinson, pâle comme un mort, les cheveux hérissés, les dents claquant, inondé d'une sueur glacée, descendit ou plutôt coula le long de l'échelle et tomba à terre sur les genoux.

— Cette maison doit être considérée comme résidence royale! se dit-il, — on me prendra pour un assassin, et je serai roué en Grève, comme ce pauvre M. Damiens!...

Et perdant la conscience de sa dignité, il se mit à fuir vers le fond du jardin; là il acquit soudain, dominé par la peur, une souplesse de membres et une élasticité de muscles extraordinaires, — il y eut du chat dans sa nature, pendant quelques minutes. Il escalada la muraille au moyen des branches flexibles d'une vigne, enjamba la crête et sauta.

Il y avait neuf pieds de haut et il tomba comme s'il eût sauté de dessus une chaise, et sans songer à admirer sa légèreté ou son bonheur, il se mit à courir comme s'il eût eu cinq cents diables à ses trousses. Mais en approchant de son hôtel, situé rue des Bons-Enfants, et où il n'avait pas paru depuis longtemps, il réfléchit qu'il lui serait difficile d'établir un alibi si par hasard il était poursuivi; c'est pourquoi il prit le parti de rentrer à Paris et, comme à cette heure il était impossible d'avoir une voiture, il se résigna à faire la route à pied.

Déshabitué de la marche, il se reposait souvent, si bien que le jour se levait qu'il n'en était encore qu'au pont de Sèvres. Il continua, et il venait de passer Chaillot lorsqu'il vit venir de son côté un mauvais carrosse, attelé de deux chevaux dont la vigueur le frappa.

— Je connais cet attelage-là, se dit-il... Eh! pardieu, c'est celui de Rancrolles!... à moins qu'un autre...

C'était en effet le chevalier se dirigeant sur Versailles et qui, à la vue du jeune financier, lança à travers la portière un tel juron de contentement, que celui-ci s'arrêta d'abord et courut ensuite lui serrer la main avec effusion.

— Vous ne venez pas à Versailles? demanda le chevalier.

Pinson n'osa dire non, de peur d'exciter des soupçons, — il donna à sa présence en ce lieu, à cette heure indue, une cause folâtre et monta à côté de Rancrolles.

— D'où venez-vous donc, il y a un siècle qu'on ne vous a vu, cher ami?

— Un petit voyage, en Italie... répondit Pinson avec assez d'embarras.

— Oh! vous avez dû faire là des études sérieuses sur l'amour?

— Oui!... mais, voyez-vous, mon cher chevalier, la richesse et les honneurs sont toujours les véritables sources de la félicité humaine.

— Çà, vous avez toujours envie d'être... titré?

— Pourquoi me demandez-vous cela?

— C'est que je pourrais peut-être vous faire obtenir un titre, quelque chose comme... marquis.

— Vous, mon bon ami?

— Moi, votre bon ami.

— Assurément, ce n'est pas l'envie qui me manque, mais vous m'avez parlé de la magistrature... enfin comment vous y prendrez-vous?

— C'est excessivement simple, il faudrait...

— Il faudrait?

— Vous marier.

— Encore! je suis donc destiné à n'être titré que par la grâce d'une femme! Vous conviendrez que je n'ai pas eu de chances, de ce côté!

— D'accord, mais cette fois vous auriez d'autant plus de satisfaction qu'il s'y joindrait pour vous celle d'être particulièrement agréable à Sa Majesté.

— Oui-da !

— Vous acceptez?

— Je refuse ! corbleu ! fit Pinson rouge d'indignation, — jour de Dieu ! j'aimerais mieux être portefaix, moins encore, argousin, le dernier des drôles, j'aimerais même mieux être pendu, que d'être... merci !

— Vous avez raison, mon ami, fit le chevalier avec le plus beau sang-froid, c'est bien, c'est très-bien !... je n'attendais pas moins de votre honneur, de votre dignité. Tout cela n'était que pour vous éprouver.

— Voyons, chevalier, avouez-moi qu'il s'agirait d'épouser une femme à laquelle le roi veut du bien, et que cette femme c'est... Rose.

— Je ne sais pas, je vous dis que je parlais en l'air... mais les sentiments nobles et loyaux dont vous venez de faire preuve vous acquièrent à jamais mon estime ; aussi n'hésiterai-je plus à vous présenter au conseiller dont je vous ai parlé, et je suis convaincu qu'il partagera mon opinion, dès la première vue... sans compter, cher Pinson, qu'il a une fille d'une beauté extraordinaire !

— Oh !... plus jolie que M^lle de Néris?

— Cela dépend des goûts, vous verrez !

Peu de temps après ils faisaient leur entrée dans Versailles où un bon déjeuner suivi du dîner le plus exquis, — n'oublions pas qu'à cette époque on dînait à midi ou à une heure, — prédisposa les deux amis à la visite qu'ils avaient à faire.

Trois heures sonnaient lorsque le chevalier de Rancrolles présenta Pinson à sa famille.

— Mademoiselle de Romans ! s'écria Pinson en reconnaissant Diane, car il avait eu souvent l'occasion de la voir dans la boutique de Rose Picard la mercière.

Entre visages de connaissance, l'intimité ne tarde pas à s'établir ; et Diane, qui avait ses projets, se résignait à devenir simplement riche ; aussi, fut-elle pleine d'habileté, tandis que le conseiller se montra froid et réservé, comme il convient à la magistrature assise.

Pinson accepta à dîner pour le lendemain, et en sortant convint avec le chevalier qu'il n'avait jamais vu beauté plus éblouissante, — même dans son fantastique voyage en Italie. Rancrolles ne le quittait pas d'une semelle, il voulait le tenir à cent lieues de Rose Picard et, à cet effet, le plus court était de ne pas le laisser repartir pour Paris.

Diane seconda admirablement son oncle en cela ; et tout marchait pour le mieux, lorsque le lendemain, quelques minutes avant de se mettre à table, sa camériste entra dans le salon et lui glissa quelques mots à l'oreille.

— Je n'y suis pas, répondit Diane avec hauteur.

Le chevalier, fort intrigué de ce mystère et mû par une sorte de pressentiment, quitta un instant le salon pour s'informer quel était le visiteur que Diane faisait éconduire si lestement.

Les bras lui tombèrent de stupéfaction, en reconnaissant Lebel.

Il le rattrapa sur l'escalier.

— Eh ! cher monsieur, dit-il avec effusion, c'est vous !

— Oui ! répondit Lebel d'un air piteux.

— Ah ! l'on s'est bien mal conduit avec nous ! dit Rancrolles.

— Je le reconnais, dit le premier valet de chambre du roi, — aussi, n'a-t-on pas songé un seul instant à vous retirer vos fiches de consolation. Seulement, mon cher chevalier, si vous m'en croyez, vous gagnerez votre gouvernement.

— Ah ! vous craignez que je ne vous sois contraire, vous avez tort ! grand tort !

— Eh bien ! voyons, moi, je ne tiens qu'à vous être agréable. — Ce n'est pas ma faute si d'incroyables fatalités nous ont traversés !...

— Et la mienne donc !

— Chevalier, est-ce que vous m'abandonneriez, vous aussi?

— Dame, c'est selon.

— Je vous demande deux jours pour réfléchir. Le roi est en ce moment dans l'affliction, mais chez lui cela passe vite, et...

— Je vous en donne huit, dit Rancrolles, vous voyez que je suis bon prince.

— C'est entendu, fit Lebel en se sauvant au plus vite après lui avoir serré la main.

— Que diable est-ce que cela?... se demanda Rancrolles en considérant un petit papier chiffonné resté, — il ne savait comment, — dans sa main.

C'était un billet de caisse de deux mille livres.

— Décidément, Diane va peut-être trop loin, murmura-t-il en remontant.

Il attira sa nièce dans un coin et lui fit part de l'entrevue.

— Mon oncle, vous baissez étrangement, répliqua Diane avec hauteur.

— Tu renonces !... prends-y garde... la concurrence est une chose terrible! Il n'est bruit dans tout Paris que de la beauté d'une certaine Morphise... il est vrai que c'est une courtisane... mais Lebel s'en est ému... Gare!

— Je veux, écoutez bien cela, — je veux qu'il vienne, lui-même, me chercher ici.

— Qui donc?

— Le roi.

— Ici! Y penses-tu! c'est invraisemblable et impossible.

— Il viendra... ou je serai M^me^ de la Pinsonnière.

## XI

### LA FLEUR DE LIS

Saint-Germain redescendit chez la Pompadour en quittant le roi. La pauvre Alexandrine était déjà parée de sa dernière toilette, exposée sur son lit, aussi blanche que ses voiles : elle semblait dormir. La marquise laissa Jeanne près de cette couche funèbre et se retira dans son cabinet avec le comte.

— Avez-vous dit vrai, tout à l'heure? demanda-t-elle avec anxiété.

— Oui, sur mon âme, je le jure, votre fille a été empoisonnée.

— Et vous savez comment, et vous connaissez le coupable?

— Il y a un coupable, oui, je le connais, — je le vois.

— Vous me direz son nom, comte?

— Je me charge de le punir.

— Vous me le jurez?

— Et quand j'aurai puni, je vous dirai comment le crime a été commis, et, si vous le voulez, je vous le ferai voir.

— Prenez garde, comte, il vaudrait peut-être mieux me livrer ce coupable, la justice ou le roi me vengeraient.

— Non, marquise, vous seriez mal vengée. Et puis, les détails d'un jugement, si secret qu'il soit, se répandent toujours dans le public, — et je doute que vous ou le roi en tiriez grande satisfaction. Laissez-moi donc faire, dis-je, je vous jure que vous serez bien vengée.

— Vous êtes un homme étrange, comte, et parfois vous me faites peur.

— Marquise, Damiens n'a pas parlé... Eh bien! qu'a-t-il fallu pour obtenir ce résultat, une chose bien simple, une chose que les ministres et le roi lui-même n'eussent pas osé tenter, — répandre un peu d'argent à propos. Les ministres, et ce sont vos protégés, marquise, ne l'oubliez pas, allaient laisser vilipender leur souverain, et vous par-dessus le marché, lorsqu'avec le pouvoir immense, illimité dont ils disposent, il ne s'agissait que d'argent. Le trésor est obéré, vous répondront-ils, eh! ils savent bien le piller pour leur propre compte! Qu'est-ce donc qu'un million quand la monarchie est en jeu?

— Comte, que dites-vous là, grands Dieux!

— Si Damiens avait parlé, marquise, M. le Dauphin serait peut-être roi aujourd'hui et vous... Dieu le sait!...

— Je m'abandonne à vous!... fit la Pompadour en frissonnant de tout son corps.

— Laissons à Jeanne le temps de calmer sa douleur, — car ces enfants s'aimaient vraiment comme deux sœurs, — mais, dans trois jours, il faut qu'elle épouse M. de Chartres, ou qu'elle ait déterminé le roi à me seconder sans arrière-pensée. Quant aux ministres, cela vous regarde.

Et le comte se dirigea vers la porte.

— Où allez-vous, comte?

— Venger la mort de votre enfant... marquise, n'oubliez pas ce que je fais pour vous, car si vous veniez à me trahir, encore une fois, j'aurais un bien terrible compte à vous demander.

Saint-Germain, une heure après, était rendu au Parc-aux-Cerfs et entrait dans la chambre d'Angiolina. Son œil était plus sombre, son regard plus sévère que jamais, et dans les plis nombreux de son front semblaient serpenter les menaces d'un orage.

— Ah! Paonèse, fit Angiolina en marchant vers lui, qu'il y a donc longtemps que je ne t'ai vu venir à moi souriant!

Il s'arrêta et la considéra en serrant les dents, la poitrine gonflée de colère; elle voulut lui jeter les bras autour du cou, mais Saint-Germain fit un pas en arrière et, saisissant dans sa main nerveuse l'un des bras charmants de la brune fille, le serra si fort qu'elle poussa un petit cri douloureux.

— Tu me fais mal! dit-elle d'une voix où le reproche atteignait presque le remercîment.

Saint-Germain la repoussa rudement, et elle alla tomber sur une des piles de coussins épars dans la chambre où elle resta courbée et tremblante.

— Qu'as-tu donc, Paonèse?... demanda-t-elle d'une voix faible.

— Je t'avais dit, — s'il lui arrive malheur...

— Eh bien?...

— Une main criminelle a traîtreusement versé le poison, et il y a une victime.

— O ciel!... mais je suis innocente.

— Je t'avais prévenue, tu devais redouter ta mère.

— C'est elle?... fit Angiolina stupéfaite et épouvantée.

— Elle a versé le poison... tu es un mauvais génie, Angiolina, femme au nom si trompeur, car c'est toi qui es la cause!... Ton exécrable mère a cru que la source des richesses qu'elle a déjà amassées par toi allait se tarir, tout est là! mais si tu n'avais pas parlé, si tu ne lui avais pas dit...

— Paonèse, Paonèse, fit l'Italienne en relevant la tête, — ce n'est pas moi, c'est toi qui es la cause!

— Moi!

— Ah! je te le dis aujourd'hui, parce que tu m'accuses, autrement je me trouvais heureuse de mon opprobre. Moi, un mauvais génie!... c'est toi qui m'as faite ce que je suis! tu as jeté dans mon âme, tu y as fait germer, tu as développé en moi ces instincts de courtisane qu'un moment j'ai cru te voir heureux de récolter, et quand j'ai bien connu ce que c'est que l'amour et la volupté, au lieu de m'enfermer sous triples verrous, au milieu de hautes murailles, comme à Stamboul, tu me laisses assez libre pour m'ennuyer et pour chercher à découvrir la cause de mes ennuis. — Ah! Paonèse, c'est toi qui es coupable, car dans la même journée, dans l'espace d'une heure, j'ai vu la même femme aimée des deux seuls hommes qui pour moi sont tous les hommes!

— Tais-toi!... ne put s'empêcher de dire Saint-Germain en se détournant, car il se sentait réellement atteint par le remords.

— Tu as façonné mon âme, mon cœur, mon corps, mes sens à ta guise, à ta volonté; tu m'as insufflé toutes les ardeurs de l'amour, et tu n'as pas songé qu'avec elles devaient naître les passions qui l'accompagnent, la jalousie, la colère, l'envie! Paonèse, je te le dis, Paonèse, je te le répète, ce n'est pas moi qui suis coupable, c'est toi qui as versé ce poison.

— Angiolina... répondit Saint-Germain d'une voix douce, mais ferme, — j'ai juré que tu serais punie.

— Ah! tu veux me tuer! s'écria la jeune fille avec exaltation.

— Je veux que tu meures.

— Soit, j'y consens, Paonèse, je veux bien mourir, mais de ta main!... je t'en supplie, ami, de ta main!...

— Faiblesse des hommes! murmura le comte en s'éloignant de quelques pas et s'asseyant sur une pile de coussins, en face d'Angiolina.

Celle-ci le regardait avidement; elle semblait désormais ne pas devoir vivre assez pour perdre une seconde à arrêter sa vue ou sa pensée sur tout ce qui n'était pas cet être adoré.

— Angiolina, continua Saint-Germain d'une voix grave, tu as été, toi et Jeanne...

A ce nom, l'Italienne laissa échapper un mouvement de fureur convulsive.

— Jeanne est ma fille, répondit simplement le comte.

— Ah!... s'écria Angiolina qui se précipita vers lui et tomba à genoux, frappant son front sur le sol, et éclatant en sanglots.

— Oui, continua le comte, toi et Jeanne vous avez été jetées sur ma route pour ma perte... j'aurais dû descendre dans l'arène nu, seul, armé seulement du glaive, et je m'y trouve enfermé, affaibli, énervé, rapetissé par vous!...

Angiolina releva la tête, l'accent douloureux du comte en prononçant ces paroles lui faisait plus de mal que les menaces qui s'adressaient à elle-même.

— L'amour paternel, reprit Saint-Germain, m'a fait dévier de mon chemin, il m'a fait envisager les choses moins froidement, je lui ai cédé, et de mes concessions naissent des entraves et des obstacles... Quant à toi, Angiolina, toi!... Oh! je veux te le dire, car de ma confusion naîtra peut-être la force qui me manque... Ecoute, si tu m'as vu céder à tes séductions, tu t'en es applaudie, pauvre folle, tu as cru remporter sur moi une victoire... eh bien! détrompe-toi, il y a longtemps, bien longtemps que je t'... que je t'aime, oui!...

— Paonèse!... fit la brune fille en joignant les mains, d'une voix enivrée, et comme si elle voyait le ciel s'entr'ouvrir.

— J'ai rudement combattu cet amour absurde, indigne de moi, qui dois être mort à tout amour, et j'ai cru ne pas y trouver de meilleur moyen que de m'empresser de réaliser le projet pour lequel je t'avais élevée depuis que tu m'appartiens, — ou, j'ai pensé me guérir, oublier, en te jetant dans les bras d'un autre... Oh! mais j'ai bien souffert, va!...

— Tu as souffert pour moi! fit Angiolina dont l'extase augmentait.

— Je rougis, j'ai honte de t'avouer tout cela, je préférerais m'ouvrir la poitrine, mais c'est aujourd'hui le jour des expiations, et je suis bien certain de n'avoir pas à rougir longtemps encore, puisque tu dois mourir.

— Oh! mais, tue-moi donc tout de suite, Paonèse, car maintenant que tu m'aimes, j'ai peur de mourir de joie!...

En disant ces mots, elle s'était traînée jusqu'à lui, elle embrassait ses genoux avec toute la force de son amour et de l'effroyable exaltation jetée, dans son âme, par le moment suprême où elle croyait toucher.

— Oui, tu mourras, car maintenant que tu as été flétrie par les embrassements d'un autre homme, tu ne peux plus être à moi.

— Paonèse, tu m'avais dit, — ne te rappelles-tu pas? — que nos âmes changeaient, qu'elles émigraient d'un corps dans un autre, et que par la force et la magie de ta science tu me rendrais digne de ton amour.

— J'ai dit cela, c'est vrai...

— Mais, j'y songe, reprit-elle avec une vivacité fébrile, que n'as-tu donc fait passer l'âme de ta fille Jeanne dans le corps...

— Eh! ce n'est pas Jeanne qui est morte, une erreur a fait dévier le poison de la route qui lui était tracée par ta mère, et c'est une autre...

— Ma mère! C'est elle qui a fait cela!... Et Dieu m'a donné une telle femme pour mère!...

— Eh! la Marozia n'est pas ta mère! fit Saint-Germain en se levant.

— Que dis-tu, Paonèse, elle n'est pas...

— Je t'ai achetée sur le marché de Constantinople, et comme j'avais besoin que la Marozia eût une fille, elle t'a élevée comme telle.

— Paonèse, elle ne m'a jamais aimée, je sentais cela, et moi, le croiras-tu, elle m'a toujours fait peur... Ah! Dieu soit loué, je n'ai pas pour mère une...

— Tais-toi! Dieu est dans tout, dans le mal comme dans le bien, quand il frappe, c'est pour nous avertir... Lève-toi.

Angiolina se dressa sur ses pieds et resta immobile devant lui, dans l'attitude d'une esclave.

— Enveloppe-toi d'une robe et d'une mante sombre.

Angiolina obéit avec promptitude, et fut prête en un instant.

— Suis-moi, dit Saint-Germain en se dirigeant vers la porte.

— Tu m'as achetée, je suis ton esclave, — je t'aime, tu es mon maître!... marche, Paonèse, tu me conduirais vers un gouffre furieux, vers une mer de flammes et de laves, dans l'enfer, je te suivrais.

Saint-Germain marcha le premier, suivi par l'Italienne comme par son ombre, — il avait la clef des portes et du souterrain, et tous deux gagnèrent le château. Une fois dans le château, ils n'avaient plus qu'à se jeter dans son carrosse.

Comme ils quittaient le Parc-aux-Cerfs, la princesse Tadolini y arrivait.

Les parents des recluses admises aux honneurs de la faveur royale n'étaient pas facilement admis dans cet asile de la volupté, d'autant plus que, pour l'ordinaire, les jeunes filles ignoraient la qualité de leur mystérieux amant; mais la princesse avait apporté une si louable complaisance à satisfaire les fantaisies du débauché monarque, qu'elle jouissait de ses grandes et petites entrées au Parc-aux-Cerfs.

Mme Bertrand voulut l'accompagner jusqu'à la chambre de sa fille; mais comme la nuit s'avançait, elle congédia la gardienne du sérail à la porte de l'appartement, et se dirigea seule à travers les salons.

Mais en approchant de la porte de la chambre d'Angiolina, une voix bien connue d'elle, — celle de Paonèse, — frappa son oreille : elle écouta. De sorte que lorsqu'elle poussa cette porte, elle avait entendu la fin de l'entretien de ces deux êtres, et par conséquent se trouvait parfaitement édifiée sur le peu de sympathie qu'elle leur inspirait.

— Il l'emmène, dit-elle, il l'aime!...

Elle ne put retenir un mouvement de rage; mais il y avait dans l'âme de cette femme un sentiment plus vivace encore que sa passion pour Paonèse, — l'amour de l'or.

— Il me ruine!... ajouta-t-elle presqu'aussitôt, grinçant des dents et serrant ses poings à se meurtrir la chair.

— Elle partie... le roi ferme ses coffres!... continua-t-elle, — et les miens sont loin d'être pleins!....

L'avarice est assurément celui des sept péchés capitaux qui fournit le plus amplement la cuisine horrifique de messer Satanas; et il n'est pas de rubriques, d'inventions, de méfaits qu'elle n'appelle à son aide pour satisfaire la soif qui la dévore. Et il faut malheureusement avouer que l'amour est l'une des cordes qu'elle pince avec le plus de succès.

La Tadolini restait debout au milieu de la chambre, en proie au plus amer des désappointements; lorsqu'en relevant la tête, penchée jusque-là sur sa poitrine, elle rencontra son image réfléchie dans une grande glace, et s'arrêta complaisamment à la regarder.

— Angiolina est plus belle que moi, assurément, se dit-elle en souriant, — mais la Pompadour ne me va pas à la cheville... et malgré tout, le roi, dit-on, l'aime furieusement... si j'essayais !...

Cette pensée ambitieuse n'était certainement pas de celles qu'on peut traiter d'invraisemblables, et plus la princesse se regardait dans la glace, plus elle se raffermissait dans le projet qui, tout à coup, venait de germer dans son esprit.

— C'est un homme étrange que ce roi!... disait-elle. Son égoïsme et ses passions le dominent entièrement... Plus il aura éprouvé de douleurs en apprenant la mort de... cette Jeanne, et plus il est capable de désirer s'en distraire...

Et l'empoisonneuse ne put s'empêcher de frémir à la pensée de l'horrible action par laquelle elle avait commencé sa journée, — et du couronnement qu'elle voulait lui donner.

— Ah!... dit-elle en se rassurant, — s'il venait ce soir !...

Elle se rapprocha de la glace et releva avec soin quelques boucles de sa chevelure, lissa ses sourcils du bout de ses doigts, essaya le tranchant de son sourire, se rendit compte de la suprême séduction empruntée par ce sourire aux deux fossettes creusées dans le marbre transparent de ses joues, fit scintiller la fauve prunelle de son œil transtévérin et s'assura que son corsage offrait bien toutes les conditions voulues pour captiver les regards de ce roi, dont l'histoire a eu soin, dans ses chroniques secrètes et galantes, d'enregistrer les préférences en ce genre.

Son instinct ne l'avait pas trompée, et elle aussi connaissait bien son roi Louis XV ; — car elle n'avait pas terminé sa rapide inspection qu'elle entendit retentir dans la pièce voisine les pas bien connus du sultan.

Grâce à sa vue basse, le roi la prit pour Angiolina; mais le révérencieux salut qu'il en reçut l'arrêta dans ses familiarités et il la reconnut. Au fond, il ne fut pas trop fâché de la rencontre, car il savait la Tadolini assez gaie.

— Ma foi, sire, dit-elle en égrenant le plus franc sourire, je suis venue sans façon demander à souper à Votre Majesté.

— De grand cœur, princesse, répondit le roi en lui baisant la main, mais...

Et il sembla chercher Angiolina du regard.

— Angiolina, sire, est une petite sotte, ne vient-elle pas de se rappeler tout à coup que c'était aujourd'hui jour de jeûne et d'abstinence, et qu'il fallait aller s'humilier devant le tribunal de la pénitence?

— Elle a fort bien fait, assurément; moi-même aujourd'hui...

— Et moi aussi, sire, mais il y a temps pour tout!... Elle vient de partir à l'instant pour Sain-Louis et m'a bien recommandé de vous faire souper sans l'attendre.

— Eh bien! soupons! dit le roi, car j'ai grand' faim.

Ils passèrent tous deux dans la salle à manger, au milieu de laquelle se trouvait la table toute servie et accompagnée, comme toujours, des petits meubles chargés de suppléer au service des gens.

Le roi mangea du meilleur appétit, et but de même. La Tadolini était la plus attentive des Hébé : au milieu des rires et des rasades, elle sut si bien entremêler une foule d'historiettes à la Boccace, et chanter des canzonettes lascives, auxquelles sa voix claire, suave, insinuante, donnait un irrésistible attrait de volupté; elle mania si habilement cette langue d'amour dont l'Italie a l'adorable monopole, que le roi, — nature inflammable, cœur volage, sens toujours éveillés, — jura par les grands dieux d'Ovide que, de longtemps, il ne s'était trouvé à pareille fête.

— Chère princesse, s'écria le roi, enthousiasmé et buvant à longs traits, — je crois que, très-certainement, vous portez admirablement le joli nom que vous ont donné vos parents.

— Eh! quoi!... fit la Tadolini, sans pouvoir retenir un léger mouvement d'effroi.

— Ne vous appelez-vous pas Marozia?

— En effet, sire, ce nom est fort commun en Italie, répondit-elle en sentant son cœur serré comme par une tenaille, bien qu'en souriant elle fit briller ardemment le feu de ses prunelles.

— N'y eut-il pas jadis une Marozia, moins belle que vous, j'en jurerais, qui fut la maîtresse d'un pape, et rendait tout le monde fou d'amour!

— Je parie, sire... dit la princesse sans repousser le roi qui lui prenait la taille et venait de déposer un long baiser sur son cou brun et planté de ces petits cheveux qui, crépus et frisottants, indiquent sûrement les ardeurs du sang.

— Que pariez-vous, ma belle?

— Que si M. de Saint-Germain était là, il trouverait peut-être que cette Marozia, maîtresse du pape Sergius III, — et moi, sommes la même femme!

— De même qu'il se dit, lui, le même homme que l'empereur Michel Paléologue.

— Oh! la bonne folie! s'écria la princesse en se renversant sur l'épaule de Louis XV, qui ne laissa pas ce mouvement d'abandon sans récompense.

— Princesse, c'est d'Hozier, mon roi d'armes, qui m'a appris votre nom... et à propos de ce nom, il m'a raconté je ne sais quelle histoire d'une Marozia, célèbre aussi dans les annales judiciaires de mon royaume, là-bas, dans le Midi, je ne sais pas... Buvons, princesse, buvons à Saint-Germain à qui je dois Angiolina et vous! les plus admirables prê-

Une escalade du Parc-aux-Cerfs.

tresses de Vénus que j'aie jamais rencontrées.

— Saint-Germain?... demanda la princesse.

— Eh! oui, ne le saviez-vous pas?...

— Ah! c'est Paonèse!... se dit la princesse en réfléchissant.

— Buvons! répéta le roi qui couvrit de baisers brûlants l'épaule de la princesse.

Celle-ci, aux paroles du roi, et au contact de ces baisers, frissonna de tout son corps. — Seulement ce n'était ni de plaisir ni d'amour, c'était d'effroi; elle voulut se lever, mais le roi la retint.

— Angiolina va rentrer, dit-elle avec un embarras que le roi prit pour une pudique réserve.

— Diable!... dit le monarque en se levant, mais sans quitter la taille de la Tadolini, qui suivit le mouvement et se trouva ainsi tout à fait dans ses bras.

La princesse voyait bien son triomphe, mais elle en avait peur. Cependant, elle ne tarda pas à surmonter toute crainte et tout scrupule, et elle se laissa aller à marcher avec le roi qui se dirigeait, la tenant toujours embrassée, vers une petite porte située au fond de la salle à manger.

— Mais, dit-elle, ce n'est point là la chambre où nous devons attendre Angiolina...

— Bah!... répliqua le roi en lui fermant la bouche d'un baiser.

Il poussa la porte qui se referma sur eux sans bruit.

Quelque bonne envie que le lecteur puisse avoir de suivre le couple dans ce réduit mystérieux, nous nous voyons forcé de rester devant sa porte; lui offrant, pour compensation, de lui détailler les adorables et drolatiques amours que M. Boucher et ses confrères avaient peints sur ses panneaux. Cependant, il préférera peut-être en connaître plus vite le résultat.

Au grand jour, Louis XV se réveilla, et, de même qu'au petit souper, il confessa à part lui que depuis bien longtemps il ne s'était trouvé à pareille liesse.

La belle, la magnifique Marozia dormait, offrant à la vue, pourtant déjà bien blasée du sultan, les sculpturales séductions de son corps sans voile; lorsque tout à coup, et sous l'oppression sans doute d'une vision pénible, elle se retourna. Ce n'étaient plus les mêmes aspects, mais l'idéal artistique n'y perdait rien, et le regard du roi errait sur ces perfections plastiques, lorsque son œil s'arrêta sur l'épaule mise entièrement à nu par la batiste déchirée.

Sur cette épaule, rivale du plus riche morceau de marbre modelé par Michel-Ange, brillait comme une petite cicatrice, — un stigmate blanchâtre, — presque tout à fait perdu dans le grain mat de la peau, — mais cependant visible.

Le roi s'approcha et sentit aussitôt une sueur froide inonder son visage.

— Oh!... fit-il avec effroi en reculant d'un pas.

Mais il ne pouvait en croire ses yeux et, se rapprochant doucement, il étendit la main et, du bout de ses doigts raidis, il appliqua sur l'épaule de la princesse un petit coup sec, une tape rapide.

Aussitôt, l'ivoire de la blanche épaule se rougit et au milieu de cette place où le sang afflua, apparut clairement, nettement, horrible...

Une fleur de lis.

— Marquée!... fit le roi en s'éloignant avec stupeur.

La Tadolini se réveilla, comprit, et s'enveloppa dans les couvertures en laissant échapper un rugissement de lionne ou de panthère blessée qui glaça le roi d'épouvante.

Il s'enfuit au plus vite en donnant des signes non équivoques de la plus indicible terreur.

La Marozia s'habilla à la hâte, il lui semblait que les murs de cet hôtel allaient s'écrouler sur elle et l'ensevelir.

— Perdue! perdue!... murmurait-elle. — Ah! si Paonèse est bien ce comte de Saint-Germain, il me sauvera encore, comme il m'a sauvée autrefois!... Oui, le roi aime Angiolina, et pourvu que je disparaisse... Ah! perdue! perdue! plus d'or! la source est tarie!...

Elle se regarda avec colère dans la glace.

— Imbécile! se dit-elle en s'apostrophant sérieusement, — pour une heure que tes passions se réveillent, tu te perds!...

Elle avait achevé de se vêtir. Elle sortit à la hâte de cette maison et, sans se retourner, car, comme la femme de Loth, elle craignait d'être pétrifiée par la vue du souverain si mortellement trompé, elle arriva haletante à la maison du comte.

Orseolo l'introduisit aussitôt dans cette chambre où nous avons vu déjà Henri croiser le fer avec le comte.

Elle se trouva en face de Saint-Germain. Il était debout au milieu du salon, et Angiolina était appuyée sur son épaule.

— Paonèse!... dit-elle en joignant les mains.

— Je sais, répondit froidement le comte, j'ai *vu*. Je sais aussi, Marozia, que tu es une exécrable nature, une bête venimeuse!...

Elle le regarda remplie d'effroi et recula de quelques pas, épouvantée de l'implacable fixité de son regard.

— Marozia, reprit le comte, quand on rencontre une bête venimeuse sur son passage, on la tue!...

Et, sortant de dessous ses vêtements sa main droite armée d'un pistolet, il fit feu.

La Marozia tomba sans prononcer un seul mot, elle était frappée au cœur.

— Qu'as-tu fait!... s'écria Angiolina.

Le comte ne répondit pas et serra la main de la jeune fille pour lui imposer silence et arrêter l'élan de son cœur, car, se rappelant que cette femme avait passé longtemps pour sa mère, elle voulait lui porter secours.

— Orseolo! appela-t-il.

Le serviteur entra.

— Orseolo, dit le comte d'une voix calme, — tu sais ce qu'il faut faire de ce cadavre.

Et passant son bras autour de la ceinture d'Angiolina, il l'arracha à cet horrible spectacle.

— La vraie coupable est punie, dit-il, — et maintenant, Angiolina, il te reste à expier.

## XII

### LE TRAVAIL DU PORTEFEUILLE DU ROI

Le roi fut longtemps à se remettre de l'émotion, ou plutôt de la honte que lui causa la découverte de ce stigmate d'infamie, imprimé par le bourreau sur l'épaule d'une femme qui avait failli, un moment, l'emporter sur la Pompadour. Quand il songeait aux quolibets dont toute l'Europe l'eût poursuivi, si cela fût devenu public, il sentait sa tête près d'éclater.

Aussi, quoique persuadé de l'innocence parfaite de Saint-Germain en cette affaire, eut-il tout ce qui lui rappelait cet homme, de près ou de loin, en répulsion complète, — et refusa-t-il constamment de le recevoir, malgré l'importance des grands intérêts qu'il représentait.

Qu'étaient donc pour le frivole Louis XV l'avenir et l'existence du monde, alors que ses plaisirs ou sa dignité se trouvaient attaqués ou lésés !

Angiolina en avait été oubliée du coup : bien mieux, la répulsion de la mère, éprouvée par le monarque, s'était reportée sur la fille ; et même tout ce qui était simplement italien suffisait à le jeter dans une mauvaise humeur insurmontable. La Pompadour et Lebel supposèrent, tout bonnement, qu'il avait de forts sujets de mécontentement à l'égard d'Angiolina et s'en applaudirent.

Aussi, le proxénète émérite, en attendant de vaincre les résistances, cette fois si bien justifiées, de Diane de Romans, s'adressa-t-il au chevalier de Rancrolles, afin d'occuper le Parc-aux-Cerfs par intérim et sans trop engager l'avenir.

En ce moment, et depuis quelques jours, il n'était bruit dans Paris que de la merveilleuse beauté de M^lle Morphise, fille de meunier, qui, après avoir quitté son village en croupe d'un brigadier des dragons-royaux, s'était trouvée immédiatement, et de prime saut, à la tête des prêtresses les plus à la mode du dieu Plaisir. Rancrolles n'eut pas de peine à la décider à venir embellir de sa présence les ombrages du Parc-aux-Cerfs ; il était loin de redouter cette courtisane, dont il avait jaugé l'esprit, et qu'il estimait devoir occuper, pendant quelque temps, l'insatiable Louis XV, l'homme du monde le plus ennemi de l'oisiveté.

Mais Rancrolles et sa nièce étaient loin de se douter des motifs du peu d'empressement du monarque à obéir à l'ultimatum de Diane.

Le roi était plus amoureux que jamais de Jeanne, — et la facilité qu'il avait de la voir chez la Pompadour, bien qu'il ne lui adressât que des paroles banales, suffisait à la timidité de ses vœux. Sous le prétexte, invraisemblable pour qui le connaissait bien, de consoler la marquise de la perte de sa fille, il passait presque toutes ses journées chez elle, heureux de jouer aux échecs avec Jeanne, de l'aider à pelotonner de la laine, de lui découper des images à l'exemple du roi Henri III, de lui expliquer tous les termes de la vénerie, — il se figurait rajeunir.

La marquise ne s'y trompait pas, elle qui le savait par cœur.

— Il tombe en enfance, murmurait-elle en souriant tristement.

Cependant Jeanne ne perdait pas de vue les graves intérêts de son cœur et de l'ambition de son père. Elle se faisait aimable, afin de tirer Henri de la Bastille, et diplomate afin de ramener le roi qui, sans qu'elle sût pourquoi, ne voulait plus même entendre prononcer le nom de Saint-Germain.

Le roi avait presque complétement changé de genre d'existence, — et ses réclusions pendant toute la journée, son dégoût même de la chasse, l'avaient rendu absolument indifférent aux affaires du royaume. Il n'écoutait ses ministres qu'avec impatience, pendant le conseil ; et ceux-ci, qui tenaient avant tout à engager la responsabilité royale dans les mesures qu'ils prenaient, finirent par amener le monarque à leur proposer de lui porter le travail chez M^me de Pompadour.

Louis XV accepta avec transports : il y avait d'ailleurs un précédent en M^me de Maintenon ; si bien que le sort de la France se trouva bientôt dépendre du caprice de deux femmes. Heureusement que Jeanne était loyale, et que, consultée par le roi, elle était presque toujours en opposition avec toute mesure contraire à l'honneur et à la dignité du pays. Mais le roi était si heureux de trouver ces beaux et nobles raisonnements dans la bouche de cette humble jeune fille, que ses ministres lui fournissaient chaque jour l'occasion de les émettre, — ce dont s'apercevait la Pompadour, elle qui avait si bien su choisir les vizirs du sultan.

Après le départ des ministres, Jeanne se chargeait du soin de faire signer au roi les brevets, priviléges, ordres ou commissions, en ayant soin de lui dire, en substance, quelle était la nature du titre; si bien qu'elle ne fut pas longtemps à s'apercevoir que le roi, occupé seulement à la regarder ou à écouter le son de sa voix, ne faisait nulle attention aux paroles prononcées.

Elle résolut alors de tenter une épreuve dont elle se réservait de profiter ensuite. C'est pourquoi, et du plus grand sérieux du monde, elle dit en lisant un papier :

« — Mandons et ordonnons que le sieur Louis de Bourbon, pour le moment roi de France et de Navarre, soit appréhendé et saisi au corps pour son procès lui être fait et parfait comme coupable du crime de braconnage. »

Et elle tendit en souriant le papier sur lequel le roi apposa très-gravement sa signature.

— Bon! se dit Jeanne en échangeant le plus malicieux des sourires avec la marquise, qui fut obligée ensuite de sortir vivement pour ne pas éclater.

— Jeanne, dit le roi dès qu'il se vit seul avec la jeune fille, — avouez que je suis le plus soumis et le plus patient des hommes!

— Vous êtes, sire, le plus grand roi de la chrétienté.

— Méchante! vous n'en pensez pas un mot!... Ah! si j'étais seulement mon aïeul Louis XIV surnommé le Grand!...

— Eh! sire, votre aïeul n'a été vraiment grand que par les puissants génies qui ont illustré son règne. Otez-lui Bossuet, Colbert, Fénelon, Boileau, La Fontaine, ôtez-lui Molière, ôtez-lui ses capitaines, que reste-t-il?

— C'est vrai!... dit Louis XV en hochant la tête d'un air convaincu... mais il était aimé, lui!... aimé... d'amour!...

— Et vous ne l'êtes pas, osez dire cela! lorsque la plus charmante, la plus spirituelle, la plus belle des femmes, M^me de Pompadour enfin, a pour vous le culte qu'on n'a pas pour Dieu!... Osez douter de son cœur, majesté ingrate!

— Jeanne, ce n'est pas son cœur, tout adorable qu'il soit, qui fait toute mon ambition... c'est... le vôtre!

Et le roi voulut lui prendre la main, mais la brune fille saisit un lourd parchemin et se mit à en épeler le grimoire.

— Signez! dit-elle en le lui tendant sans le regarder.

— Faites-moi signer ma condamnation, Jeanne, mais... aimez-moi.

— Sire, je suis votre humble sujette, et je prie Dieu chaque jour pour Votre Majesté.

La marquise rentra sur ces mots, et le travail des signatures reprit son cours.

Le lendemain, Jeanne passa sa matinée à écrire, appelant à son aide la mémoire qu'elle avait pu conserver de tous les titres présentés à la signature du roi, et quand elle eut employé au moins une main de papier à divers brouillons, elle traça d'une main tremblante une dizaine de lignes sur un grand papier marqué au chiffre de Sa Majesté.

Elle serra très-précieusement ce papier et attendit avec impatience l'heure du conseil des ministres, et plus impatiemment encore celle de son petit travail avec le monarque.

Ce jour-là, Louis XV était soucieux; il laissa même échapper quelques mouvements de brusquerie et de mauvaise humeur, et quand les ministres se furent retirés, il voulait absolument les imiter et remettre au lendemain ces maudites signatures, — besogne écrasante pour lui, ennemi de toute occupation, si ce n'est de celles qui constituent le plaisir.

Mais Jeanne sut si bien lui démontrer qu'un roi ne s'appartenait pas et se devait à ses sujets, qu'il resta. C'était la première fois qu'elle le retenait, et la chose était assez rare pour ne pas chasser loin de sa pensée toute mauvaise humeur ou toute sombre préoccupation.

Ils se mirent donc assez gaiement, — elle à énoncer les lettres, titres ou actes, — lui, à y tracer, d'une main distraite, les cinq lettres qui, heureusement, suffisaient à composer son nom.

Jeanne, sous son apparence enjouée, était horriblement oppressée : son sein se gonflait et s'agitait, suivant les palpitations poignantes de son cœur, et le monarque n'avait pu rester longtemps sans s'apercevoir de cette particularité, lui qui était peut-être l'homme de France qui accordât le plus d'attention aux corsages des femmes.

Jeanne se sentait observée et tremblait d'autant plus; cependant, par un de ces instincts secrets qui parlent au cœur de toute fille amoureuse, elle se dit que peut-être le monarque s'attribuait cette émotion, — et, tout en demandant intérieurement pardon à Dieu et à l'être unique qui occupait son cœur, elle leva vers le roi des yeux humides qu'elle baissa aussitôt en rougissant.

Le roi donna consciencieusement dans ce petit manége, et, n'eût été la présence de la Pompadour, il fût tombé aux genoux de cette séduisante fille, qui, par ce simple coup d'œil, et sans s'en douter, avait révélé au monarque libertin des facultés amoureuses devant effacer toutes celles des créatures, pourtant assez nombreuses, qui devaient peupler son souvenir.

Cependant, Jeanne continuait à appeler les titres, et quand elle jugea l'instant favorable, elle regarda fixement le roi, pendant que ses mains, exercées durant toute la matinée à cette manœuvre, firent glisser par-dessus tous les titres le grand papier qu'elle avait rédigé et écrit avec tant de soin.

— « Louis, par la grâce de Dieu, lut Jeanne d'une voix distraite, et cætera, et cætera, mandons et ordonnons... et cætera... le sieur Claude-Jean Lhuillier, en qualité de mesureur juré de notre bonne ville de Paris... et cætera... »

Et Jeanne plaça le papier devant Louis XV qui signa.

Mais si sa voix avait été ferme et sa contenance assurée, tant que cette pièce, en apparence si indifférente, ne fut pas signée, — une fois que le seing royal y fut apposé, elle se mit à trembler d'une telle manière, son sein s'agita et bondit si étrangement, sa respiration devint si haletante, que le roi en parut frappé.

Elle essaya de se remettre et, malgré sa force, ne put s'empêcher de verser sur la table la moitié de la sébile de poudre d'or où elle puisait de quoi saupoudrer les signatures du roi, assez grassement chargées d'encre.

Louis XV fronça les sourcils, un soupçon rapide passa dans sa pensée, et comme la jeune fille, toute à son émotion, tenait ses yeux baissés, il avança la main et saisit ce papier curieusement.

En voyant Jeanne pâlir affreusement, il comprit et parcourut des yeux ce prétendu brevet de nomination en faveur du sieur Lhuillier.

— Ah !... fit-il en regardant Jeanne qui se sentait défaillir.

— Sire... fit-elle en joignant les mains.

Louis XV ne répondit rien, plia très-tranquillement le papier, le mit dans la poche de son habit, se leva, emporta tous les titres signés ou non, — et, sans adresser ni un mot ni un salut à la marquise, et encore moins à Jeanne, sortit de la chambre.

M^me^ de Pompadour demeura stupéfaite d'un départ si étrange, car le roi était un modèle d'urbanité et de politesse, et s'avança vivement vers Jeanne, qui, les yeux égarés, les bras inertes, semblait frappée de démence.

— Qu'est-ce donc? demanda-t-elle avec anxiété, — ce papier...

— C'était, ma mère, c'était... la liberté d'Henri.

— O ciel ! tu as osé !... ô malheureuse, si tu savais !...

— De grâce, achevez !... s'écria Jeanne qui, à l'idée de nouvelles infortunes, sentait ses forces renaître.

— J'ai demandé cent fois sa liberté, moi ! et toujours il m'a repoussée... je voyais bien ta muette douleur... mais ce n'est rien, cela !... Le roi a dit...

— Parlez, ma mère, parlez.

— Il a dit, lui si bon d'ordinaire, il a juré sur son honneur et sur Dieu que M. de Moléon mourrait à la Bastille !

— Oh !... fit Jeanne épouvantée, — et il dit m'aimer !...

— Pauvre enfant, répliqua la Pompadour avec un sourire rempli d'amertume et de tristesse, tu ne sais pas, toi, ce que c'est que l'amour de cet homme !... Il faut que tout cède, que tout soit brisé devant lui.

— Et alors, ma mère... Henri...

— Il l'a juré, Henri est perdu.

Jeanne sentit son cœur se serrer dans sa poitrine, comme si une main de fer l'étreignait; un voile épais s'étendit devant ses yeux, elle voulut balbutier quelques paroles, mais un souffle seulement s'échappa de ses lèvres, et elle tomba évanouie entre les bras de sa mère.

— Ah ! sire, sire... murmura la Pompadour en laissant tomber une larme brûlante sur le front pur de l'enfant qui lui restait, — que vous me faites souffrir !...

## XIII

### LA FILLE DU SUPPLICIÉ

Le marquis de Moléon avait vainement épuisé son crédit et celui de ses amis, celui du maréchal de Richelieu, celui de la Pompadour, pour obtenir la liberté de son fils. En dernier ressort, à bout d'espérance ou plutôt en désespoir de cause, il vint chez Saint-Germain. Le comte n'eut pas besoin de lui demander ce qui l'amenait, son visage, à défaut de sa science, le lui eût annoncé.

— Comte, dit-il, j'ai pu visiter mon fils aujourd'hui, dans sa prison, et il m'a dit de venir à vous.

Saint-Germain, malgré la sympathie secrète qu'il éprouvait pour Henri, n'était pas fâché de le savoir à la Bastille, car, provisoirement du moins, il ne pourrait entraver ses projets ; cependant depuis quelques jours il commençait à perdre ses illusions et ne comptait sur l'influence de Jeanne auprès du roi qu'avec les plus douloureuses appréhensions. Il se sentait vaciller sur sa route, et l'abîme de l'avenir devenait à ses yeux plus obscur et plus noir que jamais.

Sa pensée, vivement tiraillée en tous sens, voyageait de l'un à l'autre des intérêts qui l'agitaient, et en voyant paraître M. de Moléon, en l'entendant surtout dire qu'il venait envoyé par son fils, il frémit. Mieux que personne il connaissait les intuitions secrètes qui éclairent les âmes, les affinités qu'ont entre eux les cœurs aimants, et il se dit : — S'il a songé à moi, c'est que celle qu'il aime a besoin de mon secours.

— Comte, ajouta le marquis, je suis à bout d'oppositions, j'ai rendu sa parole au duc de Santa-Cruz, — qu'Henri épouse Jeanne, et...

— Silence, marquis, répliqua sévèrement Saint-Germain, — la question n'est plus là peut-être.

Et étendant les deux mains devant lui, il appela la lumière.

La lumière se fit dans ce vaste et formidable esprit, — mais ses rayonnements l'aveuglèrent et le plongèrent dans les ténèbres.

Il chancela.

— Qu'avez-vous, comte?... demanda le marquis, effrayé de l'expression désespérée qui se peignit sur les traits de cet homme de bronze, — et qui lui fit en ce moment l'effet d'un Titan foudroyé.

Saint-Germain se laissa tomber sur un sofa, et son front, lourd comme un monde, caché dans ses deux mains, semblait succomber sous les coups de la fatalité.

— C'en est fait!... murmura-t-il.

Et le sifflement d'un vaste sanglot souleva cette poitrine où, depuis tant d'années, vivait un cœur si peu accessible aux faiblesses de l'humaine nature.

— Qu'avez-vous vu?... demanda le marquis avec anxiété, car sa profonde douleur lui semblait mesquine et vaine à côté de cette douleur inconnue, inexplicable, et profonde comme l'Océan.

— J'ai vu! oui, j'ai vu!... fit le comte en relevant la tête. — Oh! ce que j'ai vu, c'est horrible, et nulle puissance humaine n'est assez forte pour empêcher ce malheur!... Jeanne, Jeanne! arrête, malheureuse enfant, arrête!...

Le comte se dressa sur ses pieds, étendant sa main dans l'air en signe de commandement, mais le sentiment de son inanité le brisa et il ne put que la laisser retomber sur sa poitrine.

Tout à coup, une exaltation extraordinaire s'empara de tout son être; sur son visage resplendirent toutes les résignations qui se lisent sur la face du Christ au Golgotha, et frappant la terre du talon, il sembla rejeter en arrière toute égoïste pensée, son front rayonna des splendeurs du triomphe.

— Il ne sera pas dit, s'écria-t-il, que tu seras seule généreuse! Périsse mon rêve, périsse mon empire, périsse ma vie, tu seras heureuse!...

— Comte?... interrogea M. de Moléon.

— Votre fils sera sauvé, marquis, dit-il en lui prenant les mains avec la plus vive effusion, — mais moi, moi... Ah! ne parlons pas de moi! venez...

Il entraîna M. de Moléon hors du salon où il l'avait reçu, donna rapidement des ordres à Orseolo, lui confia le marquis et se précipita dans une salle du rez-de-chaussée.

— Louise, Louise! s'écria-t-il, à moi! à moi!

La fille de Damiens parut.

Saint-Germain lui prit la main et l'entraîna. La jeune fille se laissa faire avec l'inertie d'un automate.

Il y avait certainement péril en la demeure.

Voici ce qui se passait au palais de Versailles, voici ce que Saint-Germain avait vu.

Quand Jeanne revint à elle, sa douleur n'eut pas de bornes, et son imagination lui représenta son amant non-seulement perdu à tout jamais pour elle, mais encore mourant misérablement dans cette effroyable forteresse dont le nom seul la glaçait d'épouvante. Les chroniques de la prison d'État fourmillaient de récits terribles, et tous se retraçaient devant ses yeux avec leurs sanglantes péripéties.

Quand elle vit que la Pompadour s'effrayait de son état et que, par conséquent, sa vigilante tendresse allait peut-être la river à son chevet, comme aux jours de sa maladie, — quand elle songea que les soins dont elle serait entourée compromettraient sa santé, de même qu'ils avaient été si fatals à la pauvre chère Alexandrine, elle résolut de tenir tête à la douleur et à la maladie.

Depuis la mort de cette enfant, la marquise se renfermait chez elle le plus possible, et se couchait de bonne heure. Jeanne, après s'être retirée elle-même dans sa chambre, s'assura que sa mère dormait, et résolut d'exécuter immédiatement le projet qui, tout à coup, s'était présenté à sa pensée.

Elle sortit tout doucement de l'appartement et monta chez le roi; mais Guimard lui dit que Sa Majesté était au jeu de la reine. Elle redescendit, bien résolue d'attendre, et, en personne au fait des habitudes du palais, se blottit dans un angle obscur de la cour des Cerfs, bien certaine de voir, de là, le mouvement des lumières qui se ferait dans l'appartement de Louis XV, dès son retour.

On voit que, pour sauver Henri, elle se résignait au sacrifice.

Elle resta là assez longtemps ; puis, comme neuf heures sonnaient, elle crut voir une ombre bien connue s'avancer dans la cour, à peu près dans la direction du coin où elle était, ouvrir une porte et disparaître.

— Ah ! fit-elle, il va...

C'était Louis XV qui, en effet, se rendait au Parc-aux-Cerfs par la galerie souterraine.

Elle entra derrière lui dans le petit salon éclairé faiblement ; mais le roi n'y était déjà plus. Elle ne put trouver le secret de la porte mystérieuse, et se repentit de n'avoir pas cherché à le connaître lorsqu'elle l'avait franchie, quelques jours auparavant, appuyée au bras de son père.

— J'arriverai avant lui ! dit-elle.

Et prenant sa course à travers le palais, heurtant les gardes, évitant les huissiers et les concierges, traversant les cours comme une folle, elle se lança dans les rues de la ville, gagnant son ancien quartier, et ne s'embarrassant que faiblement des obstacles qu'elle rencontrerait peut-être à la porte du petit hôtel du Parc-aux-Cerfs.

La porte du harem lui fut ouverte sans difficulté aucune. M^me^ Bertrand savait assez, par Lebel, en quelle fièvre amoureuse était Louis XV pour son ancienne pensionnaire.

Jeanne monta résolûment l'escalier, bien que sa tête bourdonnât comme si elle allait éclater, et arriva dans l'un des salons du premier étage au moment même où, par une porte intérieure, le monarque y entrait.

— Jeanne... fit-il avec une exclamation de joie.

— Sire, dit-elle, la grâce... avez-vous la grâce?...

— La voilà, s'empressa de dire le roi en la tirant gracieusement de sa poche et la lui remettant aussitôt ; car il voyait bien que la jeune fille était venue la lui acheter au prix qu'il voulait.

Jeanne saisit avidement le papier, le déplia, y jeta les yeux et le glissa rapidement dans sa poche, — pendant que le roi l'entourait de ses bras et approchait ses lèvres de son visage glacé comme celui d'un morte.

— Mon Dieu, murmura-t-elle, pardonnez-moi !...

Et elle ferma les yeux, s'abandonnant à l'abîme qui s'entr'ouvrait devant elle.

Mais, tout à coup, le roi poussa un cri d'effroi et ouvrit ses bras.

Jeanne s'affaissa sur elle-même et tomba sur le tapis.

Elle ouvrit les yeux et vit le roi qui, cloué sur le sol, les bras étendus, le regard effaré, était pâle et défaillant.

Une femme était devant lui qui venait d'entrer tout à coup : cette femme, Jeanne la reconnut. C'était la folle qu'elle avait vue chez son père.

— Louise !... fit le roi au comble de l'épouvante et de l'horreur.

— Monseigneur, dit Louise d'une voix sépulcrale, vous m'avez donc abandonnée, vous, vous aussi !

— La fille de l'assassin ! s'écria le roi haletant.

— Si vous êtes vraiment le roi, continua Louise, vous me ferez justice, car on m'a volé mon enfant, le vôtre ; — on l'a tué et son sang... son sang !... Ah ! ah ! ah !...

La folle se mit à rire d'une manière effrayante en avançant vers le roi qui recula, muet d'horreur et d'effroi.

— Son sang, reprit-elle, il a servi à prolonger la vie des autres !... Ah ! ah ! ah !

— Malheureux !... fit le roi qui comprit et sentit toutes ses forces l'abandonner.

La folle fit encore un pas vers lui en étendant les bras et avec un sourire dont, tout ineffable qu'il fût, le roi eut peur.

— Sire, dit-elle, ne suis-je donc plus votre Louise ?...

— Ah !... horrible !... horrible !... s'écria Louis XV au comble de la terreur.

Il était arrivé contre une porte, celle par laquelle Jeanne était entrée. Cette porte céda sous sa pression, et il se précipita au dehors en criant :

— Horrible ! horrible !...

La porte se referma sur lui, et aussitôt Jeanne vit son père qui, sans lui donner le temps de dire un mot, la saisit entre ses bras et l'emporta.

— Tu es sauvée, lui dit-il, loué soit Dieu.

— Et Louise ?...

— Oh! cette pauvre insensée, ce n'est pas elle qui est le plus à plaindre.

Quatre heures après, Henri de Moléon sortait de la Bastille, délivré par le comte lui-même muni de l'ordre du roi, et entrait dans l'église Saint-Paul où il trouva son père, la marquise de Pompadour, la baronne de Néris, — et Jeanne.

Tous se dirigèrent aussitôt vers la chapelle de la Vierge, où un prêtre attendait.

Avant de sortir de l'église, Saint-Germain arrêta ses enfants.

— Il faut nous séparer, dit-il, l'heure est venue.

— O ciel! non... fit Jeanne.

— Chut! reprit vivement le comte en posant un doigt sur ses lèvres. Restez quelque temps absents de la cour, la marquise vous y rappellera quand l'orage sera passé. — Quant à moi...

— Oh! parlez, parlez... fit Jeanne en le voyant s'arrêter.

— Mon œuvre est à refaire, j'y succomberai peut-être... Dieu soit avec moi! Je dois partir à l'instant.

— Et quand vous reverrai-je... monseigneur?... demanda Jeanne en tremblant et en attachant sur lui des yeux humides.

— Je te le dirai, enfant, répondit-il en la serrant sur son cœur.

Une heure après, une berline attelée de quatre chevaux vigoureux, et suivie d'un fourgon attelé de même, traversait à toute vitesse le village de Fromenteau, se dirigeant sur Lyon.

— Paonèse, disait une voix fraîche et sonore dans l'intérieur de la berline, tu as jugé cette cour et ce roi à ta hauteur, honte et mépris sur eux!

— Tais-toi, femme, répondit une voix sévère, — j'ai succombé parce qu'il y a eu des femmes entre moi et le but!... Ève, Ève, source intarissable de toute corruption, cause éternelle de toute chute, te trouverai-je donc toujours sur ma route!

Un blasphème suivit cette parole amère, et l'on n'entendit plus que le bruit des roues et le galop des chevaux dévorant l'espace.

## XIV

### OU DIANE DE ROMANS VOIT ENFIN SE LEVER LE JOUR DU TRIOMPHE

Deux aventures comme celles que nous venons de raconter, — la découverte d'une fleur de lis sur l'épaule d'une princesse, et l'apparition de la pauvre folle à l'encontre de ses nouvelles amours, — devaient certainement suffire pour dégoûter Louis XV de sa petite maison du Parc-aux-Cerfs, du moins momentanément.

Il fut donc un bon mois sans y remettre les pieds, malgré tout l'attrait que lui pouvait offrir la Morphise [1], dont il n'avait pas encore eu le temps de se lasser. L'ex-fille du meunier bourguignon fut donc rendue aux adorations de la capitale; mais le voluptueux monarque ne renonça point pour cela à Satan et à ses œuvres.

Il avait été le premier à reparler à Lebel de l'insaisissable personne du bal de l'Opéra, et Lebel avait été forcé d'avouer, après deux jours de négociations avec l'oncle, — car Diane se faisait invisible pour lui, — que cette personne, devenue depuis trois mois plus belle que jamais, avait déclaré ne plus vouloir s'exposer à être victime d'une nouvelle méprise.

Le roi se fit conduire tous les jours en voiture chez la Pompadour, retirée en ce moment à son ermitage de l'avenue de Saint-Cloud, et chaque fois qu'il passa sous les fenêtres de M^lle^ de Romans, il eut la satisfaction de juger par lui-même de la vérité des assertions de son valet de chambre. Or la beauté de Diane étant en proportion avec la sévérité qu'elle semblait vouloir garder vis-à-vis du roi, celui-ci ne tarda pas à y penser jour et nuit et à sentir renaître ses anciens désirs.

Il n'était pas fâché, du reste, d'occuper aussi violemment ce qu'il appelait son cœur, dans la persuasion que la Pompadour ne tarderait pas à faire reparaître à la cour le jeune marquis de Moléon. — Le vieux marquis était mort huit jours après le mariage de son fils avec Jeanne, d'une attaque d'apoplexie amenée par les contrariétés éprouvées à la suite de sa rupture avec le duc de Santa-Cruz.

Le roi espérait que le jeune marquis présenterait sa femme à la reine, et que, par conséquent, il aurait l'occasion de la combler de ses bienfaits.

1. La courtisane Morphise eut, de Louis XV, un fils qui fut le trop célèbre comte d'Oyat.

Il jouait parfaitement sa petite comédie, — et la marquise de Pompadour, qui l'avait vu amoureux avec le plus vif étonnement, en fut bientôt dupe et reprit confiance.

Un matin, au moment où M. de Romans allait descendre son escalier pour monter en carrosse et se rendre à Paris, où il y avait réunion des membres du Parlement restés fidèles à Sa Majesté, afin de délibérer sur l'opportunité de faire un acte public de soumission, — un huissier du palais entra et fit connaître au conseiller que le roi désirait l'entretenir à l'instant même.

M. de Romans faillit être suffoqué de ce coup imprévu de la fortune, et fit réponse qu'il allait

— Nous pouvons mourir ensemble !... s'écria la belle Italienne. (Page 78.)

se rendre immédiatement aux ordres de Sa Majesté, le temps de passer un habit plus décent ; mais l'huissier lui représenta qu'il était en tenue convenable et l'emmena sans désemparer.

Il avait eu cependant le temps de prévenir sa femme de cet honneur. Celle-ci informa sa fille.

— Bon, se dit Diane, voilà les hostilités qui commencent. Et elle resta dans sa chambre avec l'intention d'en sortir dans une toilette irrésistible.

— Eh ! fit Mme de Romans quand elle la revit si bien parée, — qu'est-ce que cela signifie?

— Maman, du moment que papa a une audience de Sa Majesté, on ne sait pas ce qui peut arriver.

En effet, on le savait si peu que, deux heures après, M. de Romans rentra tout effaré et gonflé d'importance.

— Le roi a daigné me consulter sur le rappel de ses parlements! dit-il en rassemblant à la hâte ses papiers, mais, silence, c'est un secret d'Etat!

Le bonhomme descendit les escaliers quatre

à quatre et ne daigna pas même saluer son beau-frère qui le croisa.

— Romans, écoute donc, cria celui-ci, que diable, as-tu le feu ou des recors à tes trousses?

— Que voulez-vous? répondit le conseiller en s'arrêtant et prenant un ton rogue.

— Te dire, gros bélître, que Mme de Pompadour veut donner une fête où mesdames du parlement et... mais tu es pressé, va-t'en!

— Achève, mon ami, dit le conseiller en souriant avec aménité.

— A quoi bon?

— Rancrolles, pardonne-moi, je suis si pressé d'aller à Paris en vérité!... si tu savais!...

— Eh bien! Mme de Pompadour veut consulter ma sœur et ta fille sur cette grave question.

— Elles aussi!... décidément le mérite finit toujours par percer!... Eh bien! va leur annoncer cette bonne nouvelle, mon cher ami, car moi aussi j'ai une mission; et une fameuse, va!...

— Romans, répliqua le chevalier en riant, — ne te fais pas d'illusions, mon bon, c'est ton mérite, ton mérite seul qui te vaut ces faveurs!

— Vrai, mon ami, c'est dommage que tu ailles à Pau, c'est bien loin.

— Eh! tu vois bien que je n'y suis pas encore, à Pau!

— Au revoir, je me sauve.

— Va, monsieur le président!... car tu le seras, c'est écrit, tu es né président!

— Ne dis pas ces choses-là en riant, chevalier, je t'en prie!... adieu!

Le chevalier entra dans l'appartement et glissa un petit billet dans la main de la soubrette en lui ordonnant de le porter immédiatement à Diane; quant à lui, il passa chez sa sœur.

Mme de Romans faillit suffoquer de joie, comme son mari, à la nouvelle que lui annonçait son frère, et se précipita chez Diane pour lui enjoindre de s'habiller au plus vite, afin de l'accompagner pour assister à la toilette de la marquise de Pompadour; mais Diane était étendue sur son lit, en proie à la fièvre la plus violente, et déclara qu'il lui était impossible de se rendre aux ordres de la marquise. Sa mère eut beau prier, supplier, elle fut obligée d'y aller seule.

Une fois que Mme de Romans eut quitté la maison, Diane sauta à bas de son lit, essuya le rouge dont elle avait échauffé son teint de rose, et se remit tranquillement à sa toilette.

A sept heures du soir, la nuit était venue tout à fait, et ni le conseiller, ni sa femme n'étaient encore rentrés; seulement tous deux avaient envoyé un exprès à la maison. M. de Romans était retenu à souper chez M. le premier président, et Mme de Romans chez Mme de Pompadour.

A sept heures cinq minutes, deux hommes, enveloppés de manteaux, se présentèrent pour parler à M. le conseiller; l'un d'eux resta dans l'antichambre, il paraissait un domestique; mais l'autre fut introduit dans le salon : ce fut Diane qui le reçut. Elle avait une de ces toilettes savantes dans leur simplicité dont certaines femmes ont le secret; une de ces toilettes qui ne donnent rien aux yeux, mais tout à la pensée et à l'imagination.

Le personnage qu'elle reçut au salon n'était autre que Sa Majesté le roi Louis XV.

— Mademoiselle, dit-il en baisant galamment la main de la jeune fille toute confuse de son bonheur, vous voyez qu'on se rend à votre ultimatum; me pardonnerez-vous d'avoir tardé si longtemps?

— Sire...

Elle n'était pas disposée à la rigueur, elle pardonna.

— Diane, reprit le roi, le jour où je vous vis à l'Opéra, vous avez laissé échapper une parole qui a fait bondir mon cœur d'espérance, tout isolée qu'elle ait été... Vous êtes belle, Diane, bien belle, et cette beauté qui ferait tant d'envieuses, si elle voulait se montrer au grand jour, me fait douter vraiment du sens que vous avez voulu attacher à cette parole.

— Sire, répondit la jeune fille, qui s'enhardissait étrangement en voyant le roi se dépouiller d'une manière si charmante de sa majesté, je crois vous avoir dit que la minute d'attention que vous daigniez m'accorder ce soir-là, c'était le rêve et le secret de toute ma vie.

— Diane, dit le roi en mettant un genou en terre devant elle et lui baisant les deux mains, je veux vous aimer et vous adorer à rendre toutes les femmes envieuses de votre bonheur, et tous les hommes jaloux du mien! Ecoutez, demain, si vous le voulez, vous irez avec votre mère prendre possession d'une maison digne de vous, cette maison est à Passy...

— J'irai seule, sire; — que ma mère ignore... je trouverai un prétexte.

— A midi ma voiture vous attendra derrière l'église... quand vous serez installée j'enverrai prendre vos ordres.

— Sire, dit Diane avec le plus aimable sourire, je vous attendrai à cinq heures.

Le roi se leva, lui baisa la main avec les marques de la plus respectueuse tendresse et se retira enchanté. Le bonheur tranquille qu'il spérait lui donnait cependant une impatience plus grande qu'il ne l'eût cru d'abord; c'est pourquoi il ne trouva pas de meilleur moyen de tromper cette impatience que d'aller passer quelques heures à l'Ermitage.

Melchior Pinson avait été invité à souper ce soir-là par M. de Romans; il soupa en tête-à-tête avec Diane, et crut devoir profiter de la circonstance pour exposer timidement l'objet de ses vœux; mais Diane l'arrêta dès les premiers mots.

— Mon cher monsieur Pinson, dit-elle, vous ne seriez pas heureux avec moi, j'en suis certaine.

— Ah! mademoiselle, je crois, au contraire...

— Laissez-moi achever... Il y a quelques jours, je vous l'avoue, je croyais que le ciel m'avait destinée à devenir votre femme, et vous êtes un si brave cœur que je ne savais comment le remercier de sa bonté, mais... j'ai réfléchi, je suis mauvaise au fond, je ne vous aimerais pas comme vous le méritez; tandis que je sais quelqu'un qui vous a toujours aimé et vous aimera jusqu'à son dernier soupir... Cette personne, je crois que vous n'avez jamais cessé de l'aimer, vous non plus...

— Ah!... fit Pinson qui crut comprendre.

— Ecoutez, monsieur Pinson, Rose est sortie aussi pure du Parc-aux-Cerfs qu'elle y était entrée, je vous le jure...

Le jeune homme eut un sourire d'incrédulité si amer et si désespéré que deux larmes jaillirent des beaux yeux de Diane.

— Je vous le jure, sur ma mère!... dit-elle en lui prenant la main et la serrant avec force.

— Dites-vous vrai, mademoiselle!... Oh! oui, j'en suis sûr à présent, ces larmes versées pour elle me l'affirment, — eh bien! elle sera ma femme.

— Faites cela, mon ami, vous ne vous en repentirez pas.

— Eh bien! vrai, mademoiselle, reprit Pinson qui, à son tour, se mit à pleurer comme un enfant, — je vous le dis maintenant, et c'est aussi sincère, voyez-vous, que l'amitié que j'ai pour vous, — j'ai été tenté cent fois d'aller lui dire : — Rose, veux-tu de moi tout de même?

— Ah! je le disais bien que vous étiez un brave cœur! s'écria Diane en se jetant à son cou et l'embrassant sur les deux joues.

— A quand la noce?... demanda une voix joyeuse en faisant irruption dans la salle.

C'était le conseiller qui rentrait, légèrement ému par les trésors de la cave de M. le premier président, suivi de sa femme et de Rancrolles qu'il avait trouvé en bas.

— Demain, mon père, je pars seule, seule... vous entendez, avec M. Pinson qui, à ma prière, a consenti à épouser ma chère Rose Picard.

— Et moi! s'écria Rancrolles.

— Vous, mon oncle, — vous avez Pau, — et cent mille livres d'épingles que vous prie d'accepter mon bien cher ami, monsieur Pinson, qui veut prendre sa femme...

— Avec sa chemise!... s'écria le conseiller, comme au bon vieux temps!... c'est charmant, jeune homme, vous avez mon estime!

— Et toi, Diane?... demanda la mère.

— Moi, maman, répondit Diane en se jetant dans ses bras, — je suis heureuse!... oh! bien heureuse!...

## XV

### L'ÉCROULEMENT

Il est minuit, le ciel est sombre, la lune, cachée par de gros nuages chassés rapidement par un vent du sud-est, a laissé d'épaisses ténèbres se répandre sur la surface des eaux. Une chaleur étouffante, accablante, mortelle, s'est répandue dans l'atmosphère, et tout annonce l'arrivée prochaine de ce vent terrible qui, à Corfou, a nom le sirocco noir.

Vingt navires armés en guerre, vingt bricks dont la coque élégante, la fine mâture, le riche gréement annoncent la supériorité, sont là, à mille brasses l'un de l'autre, tous en quelque sorte paralysés par l'approche de ce vent contraire à la marche qu'ils ont suivie jusqu'à ce jour.

Celui de ces vingt navires qui occupe le centre, à mille brasses en avant des autres, et qui semble un capitaine à la tête de son bataillon, vient de serrer toutes ses voiles; et l'on voit sur la dunette un homme armé du porte-voix de commandement donnant ses ordres avec toute la sûreté du plus vieux marin. Ses ordres sont exécutés avec une précision extraordinaire, et, chose étrange, presque en même temps, les mêmes manœuvres s'exécutent sur les dix-neuf autres navires de cette petite flotte.

Le vent se mit à souffler plus violemment et sa brûlante haleine jeta sur le pont, harassés, découragés, presque anéantis, tous ces matelots au dur et fier visage dont les forces et le courage luttaient depuis dix heures contre l'énergie latente de cette tempête menaçante.

— Il faut marcher, cependant!... s'écria avec une sorte de sanglot déchirant l'homme au porte-voix, — l'heure a sonné, je le veux!

Mais son navire, privé de voiles, cédait à l'action du vent et de minute en minute l'éloignait de sa route dans des proportions énormes.

L'homme au porte-voix ordonna de jeter les ancres, et après avoir transmis le commandement à l'un de ses officiers, il descendit dans sa cabine, où se trouvant seul enfin, et libre de s'abandonner à son désespoir, il se jeta sur un divan et laissa tomber sa tête dans ses mains.

— Je suis maudit!... fit-il d'une voix sourde, — maudit!...

Un douloureux soupir répondit, comme un écho, à cette parole de découragement suprême, et une forme indécise, un amas d'étoffes et de voiles, qui jusque-là était resté immobile sur le tapis de la cabine, rampa doucement jusqu'à cet homme, et deux bras nus, ronds, blancs et polis comme l'ivoire le plus pur, sortant de ces étoffes, entourèrent ses genoux.

— Paonèse, dit une voix brisée, je te le disais bien qu'il fallait me tuer.

Saint-Germain, car c'était lui en effet qui commandait la flottille, dégagea son visage de ses mains et regarda d'un air triste et navré la pauvre créature courbée ainsi à ses pieds.

— Oui, je suis maudit, répéta-t-il lentement et l'œil fixe.

— C'est moi, j'en suis sûre, c'est moi qui te porte malheur!... répondit avec un sanglot Angiolina en sortant, à son tour, sa brune et splendide tête des voiles qui l'ensevelissaient.

— Pauvre enfant!... Au contraire, car ton malheur te vient de moi!...

— Non!... car tu es pour moi Dieu sur la terre!...

En ce moment un horrible éclair fendit la nue et projeta dans la cabine une lueur si éclatante, suivie d'un si épouvantable coup de tonnerre, que le comte lui-même ne put s'empêcher de tressaillir. Angiolina s'était caché le visage dans son sein et tremblait comme la feuille.

— J'ai peur! dit-elle.

— Pauvre femme!... tu n'es pas au bout!... Ce ne sera pas seulement le vent et l'orage, ce sera la tempête, l'ouragan, la voix puissante de Dieu qui nous fait si petits et si misérables, nous qui voulons tenter de lutter avec lui!...

— Lutter avec Dieu, toi, Paonèse! murmura Angiolina sans lever la tête.

— Oui, j'ai voulu substituer mes calculs à ses décrets... Je me suis habitué, depuis que je n'ai plus trouvé dans la science seule l'aliment indispensable à l'activité dévorante de mon esprit, à une idée ambitieuse tellement gigantesque que les moyens m'ont semblé possibles toujours... Ivre de moi-même, orgueilleux de ma puissance, ébloui par les prodigieuses facultés de mon être, j'ai cru ma route battue d'avance et je n'ai pas assez compté sur le hasard et les grains de sable qu'il jetterait sous mes roues... J'ai follement espéré en l'intelligence d'un roi qui n'a que le plaisir pour mobile, et ce roi, plus ingrat et plus petit que le dernier des hommes, a lancé sa police après moi pour me punir d'une peccadille, qualifiée crime par lui, par lui qui ne voulut pas y voir le désir que j'avais de prolonger sa vie... Ah! cet élixir, ce trésor de vie... ce qu'il donne ne vaut pas ce qu'il coûte!... Oh! ce secret mourra avec moi, — car les hommes ne sont pas dignes de vivre, — eux qui ne voient dans une longue existence que la faculté de perpétuer leurs vices, leur oisiveté, leurs lâches faiblesses!...

— Que parles-tu de mourir, Paonèse?... demanda l'Italienne en relevant la tête.

— Regarde!

Il lui prit la main, se leva, l'entraîna vers un sabord et la força de contempler la sublime horreur de la scène grandiose qui bouleversait la nature. La tempête avait déchaîné les éléments, et leur grande voix dominée par le tonnerre donnait à ce spectacle un attrait auquel, soutenue par Saint-Germain, Angiolina ne put s'arracher dès qu'elle osa le braver du regard.

Le navire, maintenu immobile au milieu des vagues tumultueuses, par quatre ancres solidement accrochées aux roches sous-marines, avait parfois des secousses sourdes, des mouvements secs et durs qui le faisaient trembler dans ses murailles, et l'on voyait au loin, disséminés sur la vaste mer, les autres navires, également à l'ancre, et essayant de lutter par leur inertie contre la violence des éléments révoltés.

— Si la tempête dure une heure, nous sommes perdus, dit tranquillement Saint-Germain.

Comme il disait ces mots, un effroyable coup de tonnerre retentit, en même temps que la foudre inondait le navire de clartés rougeâtres. Presque aussitôt un craquement se fit entendre et la chute d'un poids énorme sur le pont du navire apprit au comte la nature du désastre.

— C'est le grand mât qui est brisé! dit-il en s'élançant vers l'escalier.

— Sainte Madone, protégez-nous, s'écria Angiolina en tombant la face contre terre.

Quand Saint-Germain arriva sur le pont, le tumulte et l'effroi étaient au comble.

— Les ancres chassent, dirent plusieurs voix, — le vent nous pousse en arrière, — mettons le cap sur Tarente ou Messine ou nous sommes perdus!...

— Silence! fit Saint-Germain d'une voix tonnante et qui domina le bruit de la tempête.

Il donna froidement ses ordres, fit réparer l'avarie du grand mât, et la prodigieuse confiance qu'inspirait cet homme, la multiplicité de ses ressources furent telles, que vingt minutes après les voiles purent être déployées, malgré l'avis des plus vieux matelots qui avaient déclaré toute marche en avant impossible. Saint-Germain se décidait à louvoyer, de manière à profiter de toutes les variations du vent pour entrer au plus tôt dans la mer de Candie.

Mais un nouveau coup de tonnerre vint déranger tous ses calculs, car la foudre qui, sans doute, avait pris le brick-amiral pour unique but de ses ravages, tomba une seconde fois sur le pont, tua le pilote placé à la barre et mit en poudre l'habitacle et la boussole.

Une seconde boussole fut montée aussitôt du magasin; mais l'aiguille, rebelle à toute régularité, allait et venait en mouvements désordonnés, obéissant aux courants d'électricité qui chargeaient l'atmosphère.

— Nous dérivons sur le cap Matapan, dit un vieux matelot à voix basse, en s'approchant de Saint-Germain.

Le comte donna ses ordres et changea la direction du navire; puis il jeta les yeux vers le reste de la flotte, et vit tous les autres navires pour le moins aussi maltraités que celui qu'il montait. La plupart avaient pu imiter la manœuvre qu'il venait de commander; mais d'autres étaient restés à l'ancre, absolument démâtés et essayant de défendre leur coque en achevant d'abattre tout ce qui pouvait donner encore prise aux vents.

La nuit devint plus épaisse encore par suite d'une pluie qui, mêlée aux vapeurs produites par la chaleur, ne permit bientôt plus de distinguer à dix pas devant soi. Aucune étoile ne brillait plus au firmament, et le navire, toujours privé de guide par l'insuffisance de sa boussole, détourné à chaque instant par les changements du vent ou des courants contraires, courait vers l'inconnu avec une vitesse incalculable.

— Faites parer les embarcations, dit Saint-Germain à son second.

Il n'avait pas plus tôt donné cet ordre qu'une tête effarée sortit de l'entre-pont.

— La foudre a mis le feu au magasin! s'écria une voix épouvantée.

Les matelots se mirent aussitôt aux pompes, et tandis que le navire marchait à la grâce de Dieu, Saint-Germain descendit dans la cabine.

— Nous allons abandonner le brick, dit-il, pour en gagner un autre; viens, Angiolina.

La belle fille se jeta dans ses bras, plus épouvantée encore du calme du comte que du danger qu'il révélait; mais au même instant la quille du navire donna contre un roc et toute sa membrure en trembla.

— Oh! fit le comte, un second coup comme celui-là, et le navire s'ouvre en deux!

Il monta rapidement sur le pont, et donna l'ordre de descendre dans les embarcations sans attendre une seconde de plus. Le plus grand mouvement se fit dans l'équipage et en quelques minutes tout fut prêt.

Le comte redescendit dans la cabine, se dirigea vers une des cloisons de la poupe, ouvrit la porte d'une petite armoire qui y était ménagée, saisit la poignée d'un coffret, et, sans se donner la peine de refermer l'armoire, courut vers Angiolina, qui, aux approches d'un danger réel, avait retrouvé toute son énergie. Elle s'accrocha aux habits du comte et tous deux remontèrent l'escalier.

Mais, si courtes qu'aient été ces indispensables mesures, quand ils mirent le pied sur le pont, un silence de mort y régnait, tandis que l'on entendait dans la nuit, noyés dans les brumes et les profondeurs des vagues, les imprécations et les cris des matelots qui fuyaient.

— Les misérables! fit Saint-Germain en cherchant partout si ses sens ne l'abusaient pas, car il ne pouvait croire à l'abandon de tous ces hommes dont il était, depuis dix ans, le protecteur et le père plutôt que le chef ou le maître.

— Où sommes-nous?... se demandait Saint-Germain, les yeux hagards, presque fou de désespoir et de rage.

— Regarde! lui dit Angiolina.

Mais ce fut en vain que le comte appela à son aide l'étonnante faculté qui, tant de fois, l'avait guidé dans ses actions; en vain il frappa du talon sur le tillac, en vain sa main se tendit dans l'espace, en vain ses yeux interrogèrent ce ciel noir et implacable, — il ne vit rien.

— Malheur!... fit-il, Dieu m'abandonne aussi!...

— Je t'aime, Paonèse, je t'aime, moi! dit d'une voix douce Angiolina, en même temps que ses lèvres cherchaient celles de ce géant foudroyé.

— Laisse-moi!...

— Tu m'avais dit que par ton pouvoir tu me ferais renaître dans un autre corps, non plus souillé par les baisers de ce roi débauché, mais digne de toi, digne de ton amour... Paonèse, l'heure est venue, tue-moi donc!... afin que je revive plus tard!...

— Je ne puis rien!... rien!... fit le comte d'une voix sourde en tombant à genoux au pied du tronçon du grand mât.

— Nous pouvons mourir ensemble!... s'écria la belle Italienne avec l'exaltation que devaient avoir les martyrs en marchant vers les monstres du cirque.

— Et mon rêve!... Et cette couronne qui m'attendait!... O misérable ambitieux, voilà le fruit de tes crimes!... Tu as voulu la moitié du monde, tu n'as pas su te contenter du bonheur!... Le bonheur? où était-il?... Là... près de toi, sûr... Angiolina et ta fille!... — Jeanne! Jeanne!...

— Je t'aime!... lui répondit la jeune fille, plus belle que jamais dans sa sauvage aspiration de la mort, en lui fermant la bouche d'un baiser.

En même temps, la foudre éclata et le navire donna contre le rocher un si violent coup de talon que toute la carcasse en fut ébranlée. En quelques minutes l'avant s'inclina d'une manière sensible, et peu à peu la muraille haute fut envahie, en même temps que par toutes les ouvertures l'eau se précipitait dans les flancs du navire.

Le comte s'était réfugié avec Angiolina sur la partie extrême de la dunette, suivant d'un œil navré la perte de ses espérances, — et quand il vit l'eau gagner jusqu'à quelques pieds de leur dernier refuge, il ferma les yeux.

— Seigneur!... dit-il en exhalant de sa vaste poitrine un soupir déchirant.

— Sainte Madone!... répondit l'Italienne d'une voix résignée.

Le navire sombra, et la mer recouvrit de ses tumultueuses vagues le frêle esquif qui, deux heures auparavant, marchait si bravement à la conquête d'une moitié du monde.

## XVI

### CONCLUSION

L'empire que sut prendre Mlle de Romans sur l'esprit du roi fut tel que la marquise de Pompadour en conçut bientôt les plus vives inquiétudes. Remplie de grâces, douée d'une beauté éclatante, Diane fut sur le point de détrôner la favorite; et bientôt les petits bulletins de l'Œil-de-Bœuf annoncèrent que l'amour du roi ne s'arrêterait pas à légitimer l'enfant qui, très-probablement, allait naître de cette union semi-morganatique, et qu'il donnerait un rang à la mère.

— Légitimer son enfant! s'écria la marquise, je suis perdue.

— Tout cela est du Louis XIV! répliqua la maréchale de Mirepoix, ce sont de grandes manières qui ne sont pas celles de notre maître.

Heureusement pour la Pompadour, Diane eut l'orgueil de son étrange position, elle fut inconséquente et indiscrète, — elle se vanta de sa fortune et voulut parler trop haut aux nombreux ennemis qui papillonnent toujours autour de la maîtresse d'un roi : Louis XV se fâcha, et le fils que Diane mit au monde fut simplement baptisé sous le nom de Charles, fils de M. de Bourbon, capitaine de cavalerie.

Ce qui ne l'empêcha pas, quelques années plus tard, de trouver un mari qui la fit marquise de Cavinhac; mais l'amour du roi avait tourné à un autre vent.

Louis XV daigna écrire lui-même au jeune marquis de Moléon pour le rappeler à la cour; et jamais, dans ses discours, personne ne put surprendre un mot qui rappelât le passé. Jeanne, seule, comprit ses regards, mais elle adorait son mari.

La marquise de Pompadour continua de régner sans partage, grâce au Parc-aux-Cerfs. Cet établissement reçut encore de l'extension : le nombre des beautés de toute condition et de tout âge qui y furent admises prit tout à fait les proportions d'un véritable harem, et l'abbé de Bernis se chargea d'en régler les statuts.

Melchior Pinson, une fois l'époux de Rose Picard, eut le bon esprit de ne point acheter le droit de s'appeler M. de la Pinsonnière, comme le lui conseillait Rancrolles, devenu lieutenant du roi au Châtelet, — il préféra faire souche du nom de son père.

Vingt-sept ans après les événements que nous venons de raconter, M^me^ de Genlis étant dans le Holstein, nous disent ses *Mémoires*, apprit du prince de Hesse que M. le comte de Saint-Germain était mort chez lui six mois auparavant, c'est-à-dire en 1784.

Le comte n'avait l'air ni vieux, ni cassé, on ne lui donnait pas plus de cinquante ans, mais il paraissait consumé par une insurmontable tristesse.

Le prince de Hesse lui avait donné un logement dans son palais, et faisait avec lui des expériences de chimie.

M. de Saint-Germain était arrivé dans le Holstein, non avec l'apparence de la misère, mais sans suite et sans éclat : il avait encore plusieurs beaux diamants.

Il mourut, dit M^me^ de Genlis, de consomption, et montra, en mourant, d'horribles terreurs, sa raison sembla égarée, et tout en lui annonçait le trouble affreux d'une conscience agitée.

Le lecteur nous permettra de douter de cette version; car nos investigations n'ont pu nous procurer aucun acte authentique ou privé qui atteste la mort de ce personnage extraordinaire; tandis que nous possédons une quantité de notes et de documents qui établissent d'une manière positive la coopération du comte de Saint-Germain à la grande révolution de 1789. Il avait à se venger.

Nous n'abandonnons donc point la piste, et peut-être un jour, lecteur, pourrons-nous vous prouver que cet énigmatique personnage existe encore.

FIN DE LA TROISIÈME ET DERNIÈRE PARTIE DU PARC-AUX-CERFS.

# LE
# BARON FRÉDÉRICK

PAR

GUSTAVE AIMARD

*Édition de luxe illustrée*

PARIS
A. DEGORCE-CADOT, éditeur, 70bis, rue Bonaparte
ET CHEZ TOUS LES LIBRAIRES DE FRANCE ET DE L'ÉTRANGER

Imprimerie D. BARDIN, à Saint-Germain.

www.ingramcontent.com/pod-product-compliance
Ingram Content Group UK Ltd.
Pitfield, Milton Keynes, MK11 3LW, UK
UKHW021201220726
13924UKWH00003B/1246

9 782019 678760